edition*fünf*

Band 17 der edition*fünf*

Wenn der Hahn kräht

Zwölf hellwache Geschichten aus Brasilien

Erzählungen

Herausgegeben und mit einem Nachwort von
Wanda Jakob und Luísa Costa Hölzl

editionfünf

MINISTÉRIO DA CULTURA
Fundação BIBLIOTECA NACIONAL

Die Übersetzung wurde im Rahmen der Fundaçao Biblioteca Nacional des brasilianischen Kulturministeriums unterstützt.
Obra publicada com o apoio do Ministério da Cultura / Fundaçao Biblioteca Nacional.

1. Auflage
Deutsche Erstausgabe 2013
Herausgegeben von Luísa Costa Hölzl und Wanda Jakob

Verlag Silke Weniger, Gräfelfing / Hamburg
herausgegeben von Karen Nölle
im Vertrieb bei Edition Nautilus, Hamburg

Lektorat Karen Nölle, Sophia Jungmann
Gestaltung, Satz und Herstellung Kathleen Bernsdorf
Schriften ITC Charter, Trade Gothic
Druck und Bindung Friedrich Pustet, Regensburg
Printed in Germany

ISBN 978-3-942374-33-0

www.editionfuenf.de

Inhalt

Andréa del Fuego

Eine Million Mal

Mein Mann ist Clown. Er arbeitet von zwei bis acht, mit Auftrag oder ohne. Mal will ihn ein Einkaufszentrum, mal eine Tankstelle, ein Kindergeburtstag, je nachdem. Er trägt eine Perücke, große Schuhe und ist vertrauenerweckend.

Clown ist kein Beruf, hab ich zu ihm gesagt. Aber ich sollte besser still sein, mein Job taugt auch nichts mehr. Ich schminke Leute, das habe ich im Salon Dafne gelernt, in dem von Vila do Jorge, neben dem großen Markt. Die Besitzerin wollte mich fürs Haare-Wegkehren und Kaffeekochen, und irgendwann hat sie mir gezeigt, wie man Kindern die Spitzen schneidet, so hab ich's gelernt.

Nach acht Jahren Festanstellung habe ich bei Dafne aufgehört. Jetzt taugt mein Job nichts mehr, weil nicht jede Frau, die ich schminke, auch anständig ist. Wenn der Lidschatten zu dick aufgetragen ist, weiß ich schon, wie der Hase läuft. Samstags mache ich Hochzeiten, unter der Woche eher Haare.

Ich hab meinen Job an Joyce verloren, einen Schwulen aus Araçatuba.

Dann hat die Cousine von Conceição von einem Vergnügungspark erzählt, der am Ortsausgang aufgemacht hat, und ich dachte, das wär was. Jetzt arbeite ich da und male Giraffen, Schmetterlinge, Leoparden und Frösche auf Kindergesichter. Mein Mann hangelt sich von Job zu Job, heute ist er auf einer Parkplatzeinweihung und steht mit einem Sack Bonbons auf dem Bürgersteig. Ich verdiene so viel, dass ich jeden Tag mit dem Riesenrad fahren könnte, wenn ich das wollte. Mit seinem Gehalt zahlen wir die Raten für die Mikrowelle ab, mit meinem den Boden für die Küche.

Wie bitte?

Okay, ich rede langsamer. Man will immer alles auf einmal erzählen, und dann kommen die Leute nicht mehr mit. Clown, Mikrowelle und Schminken, das ist ein bisschen viel, das versteht keiner.

Also, ich bin Kosmetikerin. Mein Mann ist Clown. Ich arbeite in einem Vergnügungspark. Er jobbt ab und zu. Ich schminke ihn, richte ihn als Clown her, ehe ich losgehe, er nimmt den Bus, in Jeans und Hemd, aber mit geschminktem Gesicht, die Klamotten kommen in den Rucksack, die Schuhe in die Hand. Ich schminke ihn und warte auf den Kombi vom Vergnügungspark, der die Angestellten abholt: Putzfrauen, Kartenverkäufer, Techniker.

Warum wir das mit dem Preis machen? Mein Mann und ich haben nicht genug zum Leben und auch nicht zum Sterben oder zum Ausspannen. Deshalb brauch ich diese Million. Und drum bitte ich ganz Brasilien: Stimmt für mich, Cleide Alegria.

Das war's schon? Wann wird es gesendet? Ich werde meinen Leuten Bescheid geben. Ich soll bei der Sendung dabei sein? Live. Klar kann ich das Schminken übernehmen, ich nehme dreißig pro Person. Okay, bei zehn Frauen nehm ich zwanzig für jede. Aber sollte nicht ich auftreten? Ah, verstehe, die Tänzerinnen. Und ihr seid im Fernsehen ganz ungeschminkt? Ja. Das ist wahr. Ich gebe meine Telefonnummer weiter, zeige, was ich kann, super.

Ich hab gesagt, du wärst Clown. Bist du doch auch, oder? Hätte ich vielleicht sagen sollen, du arbeitest im Motel? Es muss was sein, das alle kennen, jemand, bei dem sie ihre Schecks einlösen würden, den sie achten. Dann denken die Leute, du wärst was Ordentliches, und stimmen für uns. Ich hab schön gesprochen, ziemlich elegant. Nein, mein Dummerchen, sie fragen das alles, damit ihre Sendung interessant wird, damit die Leute was zu hören kriegen, Menschen wie du und ich, die glauben, was da im Fernsehen kommt.

Ich habe gesagt, ich würde in einem Vergnügungspark arbeiten, ich hätte auch sagen können, dass er gerade pleitegeht, das wär gut gewesen. Jetzt werde ich lernen müssen, Leute zu schminken. Ich hab versprochen, bei denen zu schminken und meinen Beruf vorzuführen. Lippenstift auftragen. Hätte ich das etwa verweigern sollen? Du meinst, wenn sie Verdacht schöpfen? Keine Sorge, mir fällt schon was ein.

Frag mal im Motel nach, ob Angélica am Freitag die Pforte übernimmt. Die Aufnahme ist um zehn, sie kommen hier vorbei und holen mich ab. Du kannst ja dann am Samstag die Frühschicht machen, Herr Clown! Mit dieser Million werden wir reich und kaufen das Motel Deyse. Es heißt, eine Million ist nichts, weil man investieren muss. Aber du weißt ja, wie's im Motel läuft, und ich auch.

Es heißt, Putzfrauen kommen oft auf die schiefe Bahn. Ich werd nie vergessen, wie ich ins Deyse gekommen bin und du mich von der Rezeption her angesehen und gesagt hast, du würdest mir einen anderen Eimer besorgen, weil meiner so klein ist. Gerissener Portier. Das Pärchen ist gegangen, wir sind in ihr Zimmer und haben den Rest von dem Stroganoff aufgegessen. Wein schmeckt mir nicht, lieber mag ich Schnaps. Das Wasser in der Badewanne war noch ganz seifig von dem Pärchen, und ich hab sogar meine Haare mit dem Walita-Föhn getrocknet. Das kriegst wirklich nur du hin, so einen Ausflug in die Luxussuite, weil du den Schlüssel hast.

Ich will keine Motelputze sein und Laken von runden Betten abziehen, Sahne von Überdecken kratzen, Seifenreste aufsammeln. Haare feg ich tatsächlich zusammen, das war nicht mal gelogen. Aber bald, mit unserem Plan, mach ich nur noch schmutzig statt sauber. Es reicht mit dem Türöffnen für diese Leute, jetzt gehen wir selber rein und schließen ab. Stroganoff und Schnaps, viele tausendmal. Bis das Geld alle ist, nur fürs Wasser geht ja schon eine halbe Million drauf, ich hab die Badewanne gern voll. Lade deine Verwandtschaft ein, ich hab nichts dagegen, in der Executive Suite haben sie alle Platz. Und wir nehmen das teuerste Zimmer, wie beim ersten Mal.

Aus dem Portugiesischen von Marianne Gareis

Paula Taitelbaum
Schach

Der Küchenboden war wie ein großes Schachbrett, auf dem sich die Bewohner des Hauses verloren und begegneten. Vater, Mutter, die beiden Töchter und Tina. Strenggenommen war es Tinas Küche. Sie hatte hier das Sagen. Wenn ein neuer Topf angeschafft wurde, wählte Tina den Schrankplatz dafür aus. Und was in die Brotzeitdose kam, bestimmte ebenfalls Tina. Genau wie sie entschied, welcher Kuchen am Mittwochnachmittag gebacken wurde. Und wie viele Käsescheiben auf ein Sandwich durften. Am Freitag, jeden Freitag, rief Tina mich zu sich. Pünktlich um halb sechs schallte es aus ihrem Revier: »Manu.« Genau so. Ein kurzer Ruf, halb erstickt, beinahe tonlos, ohne Anrecht auf ein Ausrufezeichen. Ein Rufen, das nicht leugnete, woher es kam. Manchmal tat ich, als hörte ich nichts. Sie rief kein zweites Mal. Und zwar, weil sie wusste, dass ich ohnehin wenig später auf der Küchenbank sitzen würde, einen Ellbogen auf den Tisch gestützt, während die Hand alles aufschrieb, was sie diktierte. Zucker, ein Kilo. Eier, ein Dutzend. Nudeln, zwei Päckchen. Tomatenmark, drei Dosen.

Tina hatte keine Eile. Obwohl sie genau wusste, was in der Speisekammer fehlte, sprach sie jeden Posten der Liste ganz langsam aus. Vermutlich befürchtete sie, ich würde sonst einen Buchstaben verschlucken und so den gesamten Wochenplan durcheinanderbringen. He-fe-wür-fel. Tina betonte die Buchstaben überdeutlich und trennte die Silben voneinander. Mir kam öfters der Gedanke, dass meine Schule sie für das Klassendiktat engagieren könnte. Zwischen zwei Wörtern bliebe genügend Zeit, über das Lieblingsthema eines zwölfjährigen Mädchens nachzudenken: Jungs, die älter waren als zwölf. Damals füllten männliche Wesen, insbesondere solche mit ausgeprägtem Bizeps und Trizeps, meine Gedanken wie Zement, der sich zwischen Backsteine schiebt. Sie waren der wichtigste Stoff für meine Geschichten, meine ganz persönlichen Filme. Meine zuckersüßen Romanzen hätten jeden Diabetiker dahingerafft. Ich brauchte bloß die Augen zu schließen, und schon ging es los. Meine Drehbücher spulten sich ganz automatisch ab, inspiriert von Filmen, für deren bloße Erwähnung ich mich heute schäme. Mit zwölf konnte ich sämtliche Dialoge von Brooke Shields in *Die blaue Lagune* auswendig. Ganz zu schweigen davon, dass ich die komplette Sammlung von *Sabrina*-Heftchen besaß. Und außerdem *Julia* und *Bianca*. Erwähnenswert ist dabei, dass nur Tina von dieser Sammlung wusste, die ich mir mühsam vom Taschengeld abgespart hatte und die ich sorgfältig in meinem Bett vor den Eltern versteckte. Tina war die Einzige in der Wohnung, die von meinen frühpubertären Phantasien wusste. Und vielleicht war das der Grund, weshalb sie an einem dieser Freitage, zwischen einer Dose eingelegter Pfirsiche und einem

Kilo Reis, ein wenig von der wöchentlichen Einkaufsliste abwich.

»Ich muss einen Brief schreiben. Hilfst du mir?«

Tina lebte schon länger bei meinen Eltern als ich selbst. Doch niemand wusste etwas über ihre Lebensgeschichte. Denn, so waren wir uns sicher, da gab es ohnehin nicht viel zu wissen. Es gab lediglich ein paar Verwandte weit weg in der Provinz, die sie einmal im Jahr besuchte und von wo sie mit einem Koffer voller Erdnüsse und Popcornmais zurückkehrte, die sie eigens für ihre Mädchen geerntet hatte, also für meine Schwester und mich.

»Ja, ich helf dir.«

Sie trocknete ihre Hände an der Schürze ab, eine Geste, die sie ständig wiederholte, selbst wenn ihre Hände sauber und trocken waren. Dann zog sie einen Umschlag aus der Schürzentasche.

»Lies vor.«

Wir waren allein zu Haus. Meine Eltern kamen immer erst nach sieben, und meine Schwester, vier Jahre jünger als ich, war bei einer Freundin zum Spielen.

Ich öffnete den Umschlag und zog das gefaltete Blatt heraus. Tinas Brief zu lesen würde genauso sein wie das Schreiben der Einkaufsliste. Eine banale, uninteressante Aufgabe. Der Brief war nur eine Seite lang. Getippt auf einer Schreibmaschine mit abgenutztem Farbband. Ich war gut im Lesen. Ich faltete den Brief auseinander, setzte mich zurecht und fing an. Ich war stolz darauf, dass ich in Dona Veras Portugiesischstunde niemals ins Stottern kam.

»Rio de Janeiro, zwanzigster März neunzehnhundertvierundachtzig. Liebe Justina, wundern Sie sich nicht über diesen

Brief. Ich habe Ihre Adresse von Juvenal, dem Pförtner des Hauses. Ihre Chefin hat sie ihm gegeben, für den Fall, dass etwas Wichtiges ankäme und er es weiterschicken müsste. Die Guanabara-Bucht ist nicht mehr dieselbe, seit Sie fortgegangen sind. Ich vermisse Sie, Ihr Lächeln zur Begrüßung, Ihre stets eiligen Schritte. Verzeihen Sie, wenn ich Sie belästige, doch ich bin von ganzem Herzen aufrichtig. Ich würde mich sehr freuen, von Ihnen zu hören. Ob es Ihnen gutgeht, ob Sie glüklich sind. Hier ist alles in Ordnung, vor Kurzem traf ich Lenira, und sie sagte, dass sie Ihren Filterkaffee und die Schwätzchen auf der Dienstbotentreppe vermisst. Ich arbeite nicht mehr in der Metzgerei, ich habe eine bessere Stelle als Bürogehilfe gefunden. Ich bin nicht mehr jung genug, um so lange hinter der Theke zu stehen. Und jetzt verdiene ich besser. Heute war ich allein ein Bier trinken. Dabei habe ich auf das Meer geschaut und an Sie gedacht. Bitte, schreiben Sie mir, wenn Sie Gelegenheit haben. Mit größter Wertschätzung, Bastião.«

Ich las den Brief wie Dona Veras Texte, in einem Atemzug, sorgfältig darauf bedacht, nur ja keine Fehler bei der Aussprache zu machen. Auch wenn in einem Text von Dona Vera niemals »glüklich« mit k stehen würde. Ich sagte Tina nicht, dass Bastião glücklich mit k geschrieben hatte. Das tat nichts zur Sache. Als ich den Kopf hob, merkte ich, dass sie mich anstarrte, aber sie sah mich nicht, sondern blickte durch mich hindurch. Offensichtlich schwelgte sie traumverloren in irgendeiner Ecke von Rio. Ich hatte diesen Gesichtsausdruck schon einmal bei meiner Cousine Luiza gesehen, und ich hatte nie gedacht, dass Tina, die bereits einige Falten im Gesicht hatte, einmal Luiza, die im Jahr zuvor ihren Debütantenball gehabt hatte, so ähnlich sehen könnte. Doch in diesem Augenblick gab es eine große Ähnlichkeit zwischen den beiden. Sie hielt nicht lange an, denn gleich darauf zog Tina eine Schublade unter der Spüle auf, nahm einen Briefblock heraus, so einen, der schon liniert war, und sagte, sie wollte jetzt die Antwort diktieren. Ich wollte sagen, dass ich mich nicht an Bastião erinnerte, und mich näher nach ihm erkundigen. Ich wollte ihr gern sagen, dass die anderthalb Jahre, die unsere Familie in Rio verbracht hatte, sehr schön gewesen waren. Und dass es mir lieber gewesen wäre, mein Vater wäre nicht zurückversetzt worden. Doch Tina ließ mich nicht zu Wort kommen. Sie diktierte gleich los:

»Schreib: Porto Alegre, fünfter Mai neunzehnhundertvierundachtzig.«

An diesem Punkt wurde mir klar, dass Tina den Brief schon über einen Monat in ihrer Schürze herumtrug. Aber ich sagte nichts.

»Geschätzter Sebastião ...«

In meinen Filmen liefen die Dinge ganz anders.

»Findest du es nicht besser, ›Lieber Sebastião‹ zu schreiben oder ›Hallo Bastião‹ oder einfach bloß ›Bastião‹? ›Geschätzter Sebastião‹ klingt irgendwie ein bisschen, na ja, ein bisschen ...«

Ich wollte sagen, dass es ein bisschen zu formell klang. Aber mir fiel das Wort nicht ein. Sie überlegte kurz.

»Nein, so ist es besser. Sonst denkt er noch, ich bin nicht anständig.«

Mir wurde meine Rolle in dieser Geschichte klar. Ich war dasselbe wie die Schreibmaschine von Bastião und durfte keinen Mucks von mir geben. Ich war lediglich das Werkzeug, das die Worte zu Papier brachte. Dennoch versuchte ich, die Schrift nicht wie die eines zwölfjährigen Mädchens aussehen zu lassen. Ich fand es besser, dass Bastião glaubte, Tina hätte den Brief selbst geschrieben. Ich mochte Tina, und zwar sehr. Und ich wollte, dass ihre Geschichte wäre wie in meinen Phantasien.

»Geschätzter Sebastião, ich schreibe erst jetzt, weil meine Arbeit mich sehr in Anspruch nimmt. In Porto Alegre lebt es sich gut, und es gefällt mir hier. Die Stelle zu wechseln ist immer schwierig, aber Sie werden bestimmt wissen, was Sie tun. Ich habe große Sehnsucht nach Rio de Janeiro. Sagen Sie Lenira, dass ich nicht mehr so oft Kaffee koche, weil Senhor Gabriel ein bisschen hohen Blutdruck hat, und der Arzt meint, er muss aufpassen. Heute ist das Wetter gut, aber es sieht nach Regen aus. Grêmio hat leider schon wieder verloren, und hier ist es leichter, einen Metzger zu finden, der Hochrippe hat. Viele Grüße, Justina.«

Stille.

»Und sonst nichts?«

»Nein. Und jetzt schreib diese Adresse hier auf den Umschlag. Nachher bring ich ihn zur Post.«

Das war das Signal, zu meinem eigenen Alltag zurückzukehren, weit fort, ein paar Quadratmeter weiter vorn. Ich hatte tatsächlich noch so einiges zu tun. Paola anrufen, meine Matheaufgaben machen, in mein Tagebuch schreiben. Doch ich muss gestehen, dass es mich ein wenig frustrierte fortzugehen, ohne wenigstens »einen Kuss« geschrieben zu haben. Tina war glücklich und merkte es gar nicht. Es gab jemanden, einen Bastião, der sie liebte.

Es muss ein paar Tage später gewesen sein, eine Einkaufsliste weiter in meinem Leben, ungefähr am Dienstag. Gerade als ich

vom Fenster aus einen hübschen Kerl beobachtete, der im Park gegenüber joggte, rief Tina nach mir.
Als ich in die Küche kam, hatte sie schon alles auf dem gelben Tisch zurechtgelegt. Das Briefpapier, den Stift, den Umschlag. Und wieder einen Brief von Bastião, den ich vorlesen sollte. Er schrieb, wie sehr er sich über ihre Antwort gefreut hatte und darüber, dass die Dinge so gut liefen und dass er Tinas Lächeln sehr vermisste. Und diesmal schickte er einen Kuss. Ich wusste, dass sie sich über den Brief freute, doch ihre Antwort war genauso förmlich wie die erste.
Im dritten Brief schickte er ein Passfoto mit. Schlank, mit Schnurrbart, und ... schwarz. Ich vermutete darin den möglichen Grund für die Kälte Tinas, die von Deutschen abstammte, erzkatholisch und in der Nähe von Rio Grande do Sul auf dem Land geboren war. Ich sagte, ich fände, er sehe gut aus, und sie solle auch ein Foto schicken. Auf den Vorschlag reagierte sie verächtlich.
In den folgenden Monaten las und schrieb ich wer weiß wie viele Briefe. Trotz Tinas Kälte, oder vielleicht gerade deswegen, schien Bastião immer verliebter und fragte jedes Mal, wann sie nach Rio käme. Er erzählte von seinem kleinen Zimmer in einer Familienpension und von Orten, die er gerne mit ihr besuchen würde. Tina kommentierte den Inhalt seiner Briefe nicht. Sie diktierte ihre trockenen Antworten ohne jegliche Vertraulichkeiten. Und sie schickte niemals »einen Kuss«. Um ehrlich zu sein, ich war mir sicher, dass Tina noch nie jemanden geküsst hatte. Jedenfalls nicht auf den Mund.

»Nächste Woche fahre ich weg.«

Es war Anfang Februar. Ich saß in der Küche, aß ein Butterbrot mit Zucker, und Tina putzte den Herd.

»Schreib ihm einen Brief, wenn ich weg bin. Du weißt schon, was zu schreiben ist.«

Ich wusste tatsächlich, was Tina Bastião sagen wollte. Ich war mir sicher, dass die richtigen Worte in ihrem Hals steckengeblieben waren und nur auf eine Gelegenheit warteten, herauszukommen. Und diese Gelegenheit war nun da. Die Sonne schien durch die Maschen der Gardine und ließ die Temperatur in der Wohnung auf ungefähr fünfzig Grad ansteigen. Ich war ganz allein, alles war still, ich saß wie gewohnt auf der Bank, mit einem rosa Kugelschreiber in der Hand, und schaute auf das geblümte Briefpapier, ein Lieblingsstück aus meiner wertvollen Sammlung. Tina fing an zu schreiben, wie gewohnt in großer, wohlgeformter Schrift:

»Lieber Bastião,

ich vermisse Dich sehr. Seit Längerem will ich Dir schreiben, was ich wirklich fühle: Ich denke immerzu an Dich, mein Herz klopft schneller, anders, in einem verliebten Rhythmus. Ich würde sehr gerne nach Rio de Janeiro fahren und Dich treffen, aber ich dachte auch, dass Du mich vielleicht bald einmal in Porto Alegre besuchen kommen könntest. Wir würden Hand in Hand durch die Straßen schlendern und ein paar schöne Plätze der Stadt besuchen. Was meinst Du? Ich bin eine anständige Frau, das weißt Du, aber ich möchte Dich wirklich treffen. Sei Dir gewiss, dass Deine Briefe das Wichtigste sind, was es zurzeit in meinem Leben gibt. Hier ist meine Telefonnummer, damit Du mich irgendwann anrufen kannst und wir unsere Stimmen wieder hören können.

Mit einem dicken Kuss
Deine Tina«

Ich legte den Stift hin und sah mich in der Küche um. Auf dem Kühlschrank stand ein kleines Gesteck mit Stoffblumen. Ich schnitt eine rote Blüte ab, ging in Tinas Zimmer und gab einen Tropfen von ihrem Avon-Parfüm darauf. Dann legte ich die Blüte ganz vorsichtig in den Brief, der wie eines der Laken gefaltet war, die Tina in einem braunen Koffer in ihrem Schrank aufbewahrte. Es waren bestickte Laken mit einem einsamen J, das dazu verdammt war, ewig auf einen zweiten Buchstaben zu warten. Einmal im Jahr holte Tina sie alle hervor, wusch, besprühte, bügelte und faltete sie ebenso sorgfältig wieder zusammen, wie ich jetzt diesen Brief faltete.

In dem Augenblick, als der Umschlag in den Briefkasten fiel, schlug mein Herz schneller. Mir war bewusst, dass ich einen riskanten Spielzug gewagt hatte. Doch mit meinen zwölf Jahren war ich mir sicher, dass das Glück mit den Mutigen war.

Vierzehn Tage später kam Tina zurück. Und anders als erhofft wartete kein Brief von Bastião auf sie.

»Hast du ihm geschrieben?«

»Ja.«

»Und was hast du geschrieben?«

»Ich ... ich habe geschrieben, dass ich, das heißt du, dich sehr über seine Briefe freust, und dass du sehr gerne mal nach Rio fahren würdest. Und am Ende hab ich einen Kuss geschickt. Bestimmt hat er noch nicht geantwortet, weil er auch verreist ist ... Es war Karneval ...«

Tina sagte nichts. Sie bückte sich, nahm ein paar Kartoffeln aus dem Korb in der Ecke und machte sich daran, sie zu schälen.

Die Tage vergingen ganz langsam, in gespannter Erwartung. Ich versuchte, nicht mehr an die Sache zu denken. Hin und wieder fragte ich beiläufig:
»Hat er geschrieben?«
»Nein.«
Nach einem Monat hörte ich auf zu fragen. Ich weiß noch genau, dass es ein Freitag war, weil ich eben mit Tina die Liste geschrieben hatte. Meine Schwester tanzte mit ein paar Freundinnen im Wohnzimmer, die Musik war auf volle Lautstärke gedreht. Ich hörte das Telefon nur klingeln, weil ich gerade daran vorbeilief.
»Hallo?«
Ich konnte fast nichts verstehen. Ein Mann verlangte, jemanden zu sprechen, eine Regina oder so.
»Hier wohnt niemand mit diesem Namen.«
Das Schweigen am anderen Ende machte mich noch ungeduldiger. Kurz zuvor hatte mich Paola angerufen, und wir waren im Park verabredet. Vorher musste ich mir noch die Haare waschen.
»Aber ... aber arbeitet sie denn nicht bei Ihnen?«
»Nein, das ist ein privater Anschluss, kein Büro. Sie haben sich verwählt.«
»Aber sie hat mir diese Nummer gegeben. Ist das nicht die 324565?«
»Doch.«
»In Porto Alegre.«
»Ja.«
»Und sie ...«
»Wie?«
»Ist sie nicht da?«

»Nein, nein, sie muss Ihnen die falsche Nummer gegeben haben. Ciao.«

Ich legte auf. Und ich wünsche niemandem das Gefühl, das in mir aufstieg, als der Hörer die Gabel berührte. Dieses Unbehagen, wenn man die Hand vom Spielstein nimmt und einem klar wird, dass man einen falschen Zug gemacht hat. Der Akzent aus Rio. Ein Name, den ich nicht richtig verstehen konnte und den ich als Regina interpretierte. Die unsichere und schüchterne Stimme. Er war es, Bastião. Ich war mir ganz sicher, dass er es war. Ich rannte in die Küche, umarmte Tina und fing an zu weinen. Laut jammernd erzählte ich, was passiert war, und beteuerte, dass ich nichts dafür könne. Nie gebe es Anrufe für Tina, die Verbindung sei schlecht gewesen, meine Schwester sei schuld. Verzweifelt riss ich die Schublade auf, in der Tina den Briefblock aufbewahrte.

»Komm, wir schreiben ihm, jetzt gleich! Wir schreiben, dass es ein Missverständnis war. Dass das Mädchen, das hier wohnt, sehr dumm ist. Dass ... Dass ...«

Tina rieb ein Stück Fleisch mit Salz ein. Sie schaute mich an und wirkte weder ärgerlich noch traurig. Sie zeigte keinerlei Gefühlsregung.

»Vergiss es einfach.«

Doch ich vergaß es nicht. Noch zwanzig Jahre später fällt es mir hin und wieder ein. Nach dem Anruf schrieb Bastião nie wieder. Und Tina diktierte mir auch keinen Brief mehr. Ich weiß, dass sie alle Briefe von Bastião in einem Schuhkarton in ihrem Zimmer aufbewahrt, und ab und zu, wenn ich meine Eltern besuche und Tina nicht da ist, gehe ich in ihr Zimmer und betrachte den Schuhkarton. Ich weiß, dass sie darin liegen, aber ich mache ihn nicht auf, um nachzusehen. Ich versuche, mein Gewissen zu beruhigen, indem ich mir sage, dass es vielleicht besser so war. Dass er irgendwie die Stimme eines Psychopathen hatte. Dass Tina vielleicht knapp einem Triebtäter entronnen ist. Das ist das Geheimnis des Lebens. Wir wissen nie, wie das Spiel ausgegangen wäre, wenn ein Spielstein anders gesetzt worden wäre.

Aus dem Portugiesischen von Claudia Stein

Tatiana Salem Levy
Vertane Zeit

Lúcia vergewissert sich, dass ihr Mann weggefahren ist, bevor sie im Schrank des Dienstbotenzimmers den Koffer mit den Fotos und den Briefen von André sucht. Gleich nach dem ungewöhnlichen Anruf vor einer Woche hatte sie um einen freien Tag gebeten. Sie hatte gerade die Wohnung verlassen wollen und die Tür schon geöffnet, als sie das beharrliche Klingeln des Telefons hörte. Am anderen Ende der Leitung fragte eine vage vertraute Stimme nach ihr, die sie aber nicht identifizieren konnte. Gleich darauf verkündete sie:

»Wir werden André beerdigen.«

André beerdigen? Die Ankündigung hallte in Lúcias Kopf nach wie das leise Rauschen der Wellen nach einem Nachmittag am Meer. Ein einziger Satz und die Zeit hörte auf zu existieren, als wären die fast vierzig Jahre, die Andrés Tod von diesem Morgen trennten, an dem sie einfach zur Arbeit gehen wollte, ein leerer Raum. Ein Vakuum zwischen der Vergangenheit und der Gegenwart, die sich in dem energisch geäußerten Satz trafen. Lúcia ist nicht mehr zwanzig, und fast nichts in ihrem Leben oder an ihrem Körper lässt die junge Frau ahnen, die sie einmal war. Erst dieser Satz konnte wieder an die Oberfläche bringen, was sie lange Jahre als Geheimnis gehütet hatte.

»Aber ... Hat man denn seinen Leichnam gefunden?«

Die Beerdigung war auf zwölf Uhr angesetzt. Es hatte viele Jahre gedauert, bis Andrés Familie vor Gericht eine Entschädigung erlangt hatte. Das Fehlen des Leichnams, von Fotos und Dokumenten erschwerte den Prozess: Außer der Gewissheit seiner Verwandten gab es keine handfesten Beweise. Viele Beweise lagen in Archiven mit sieben Siegeln verborgen. Trotz der Hindernisse wurde er schließlich als Verschwundener anerkannt. Der brasilianische Staat hatte sich zur Schuld bekannt, und nun hatte sich Andrés Familie entschlossen, ihn ohne Leichnam zu beerdigen.

Der harte Lederkoffer ist alt und eingestaubt. Lúcia hat zuletzt vor zweiundzwanzig Jahren hineingeschaut, als sie mit ihrem Mann und ihrem Sohn in das Appartement am Botanischen Garten zog, in dem sie bis heute leben. Im Koffer ruht eine blaue Schachtel mit weißen Punkten, ein Geschenk von André. Die vergilbten Fotos obenauf zeigen eine zierliche Lúcia, anders als die Lúcia von heute, und einen energischen, hübschen André. Unter den Fotos liegen seine Briefe, die Zettelchen, Liebeserklärungen auf zerschlissenem Papier. Sie stülpt die Schachtel um, breitet Fotos und Briefe auf dem Boden aus, gespannt, ob sie finden wird, was sie sucht: ein Amulett in der Form eines Auges, das André nicht mehr abgelegt hatte, seit seine Großmutter es ihm zum Geburtstag geschenkt hatte. Das Amulett, das Lúcia an jenem unseligen Tag trug, an dem das Schicksal ein einziges Mal zynisch ihre Rollen vertauschte. Für immer.

★

Lúcia und André hatten sich schon auf dem Gymnasium kennengelernt, dem Colégio Pedro II im Zentrum. Sie waren fünfzehn und entdeckten gemeinsam die Liebe und die Politik. Lúcia war eine politisch engagierte Jugendliche. Schon als sie noch klein war und nach dem Staatsstreich das Gemurmel ihrer Eltern hörte, die gegen das Regime waren, hatte sie beschlossen, etwas für die Zukunft des Landes zu tun. Sie engagierte sich zunächst in der Schülervertretung, bis sie sich schließlich von einem Freund überreden ließ, der Kommunistischen Partei beizutreten. Dahin nahm sie André mit, der am Anfang nur ein verliebter Junge war, sich aber bald ebenso für die politischen Fragen interessierte wie sie. Nach der Spaltung der Partei wechselten sie zur Nationalen Befreiungsbewegung ALN, bereit, mit Waffen gegen die Diktatur zu kämpfen.
Waffen? Manchmal fragten sie sich, ob das die beste Lösung war. Und wenn wir besiegt werden? Und wenn wir umkommen? Und wenn? Die Fragen schwirrten ihnen durch den Kopf, vor allem in den seltenen Momenten, wenn sie im Bett oder bei einem ausgedehnten Bad allein waren. Aber die Zeit drängte, und obwohl die Angst sie ständig begleitete, mussten sie sie beiseiteschieben.

★

Lúcia und André sind in ein zweistöckiges Haus in Jacarepaguá gezogen, wo sie für unbestimmte Zeit bleiben sollen. Das Haus ist relativ groß, aber sehr einfach und ein wenig heruntergekommen. Die weiße Farbe blättert von den Wänden, es gibt fast keine Möbel. Doch das macht ihnen überhaupt nichts aus.

Zwei Dinge zählen für sie: die Revolution und die Liebe, gleich, in welcher Reihenfolge.
Seit über drei Jahren befinden sie sich im Kampf. Sie haben wichtige Gefährten verloren und die Schlinge zieht sich jeden Tag fester zu. Die Polizei fahndet nach ihnen, Steckbriefe auf den Straßen und in den Zeitungen zeigen ihre Gesichter. Sie wissen, dass sie sterben können, aber sie sträuben sich, das Land zu verlassen, sie haben noch Hoffnung. In gewisser Weise ist das Haus ein neuer Anfang.

★

Unter der Dusche erinnert sich Lúcia an alle Einzelheiten ihres Zusammenlebens. Sie denkt an die zärtlichen Umarmungen, die sie freudig, aber auch mit Beklemmung erlebte: Würden sie sich am nächsten Morgen noch umarmen können? Sie waren so jung, hatten so viel Energie, so viel Kampfeswillen und doch schon Angst vor dem Tod. Nach und nach verloren sie liebe Freunde, für Tränen blieb zwischen Diskussionen und Aktionen wenig Zeit. Immer mehr wich die Sicherheit den Zweifeln, aber es war notwendig, den Kampf weiterzuführen.
Lúcias Deckname war Vera, André hieß Carlos. Nur heimlich nannten sie sich beim richtigen Namen. Während das warme Wasser über ihren Körper rinnt, hört sie André in ihr Ohr flüstern. Und lächelt. Lächelt und weint gleichzeitig. Manchmal wünscht sie, das Leben wäre anders verlaufen. Wer überlebt, trägt stets den Schmerz der Schuld.

★

Sie sind schon seit einem Monat allein im Haus und haben den ganzen Tag mit Nichtstun verbracht. Draußen ist gerade ein Unwetter losgebrochen. André steigt hinter Lúcia die Treppe hinauf ins Schlafzimmer. Sie legt sich hin, um auszuruhen. Er bleibt am Fenster stehen und schaut in den Regen hinaus, lauscht dem Trommeln der Tropfen unten im Hof. Der Himmel ist blaugrau und wird bald, mit Einbruch der Nacht, schwarz werden.

»Komm her, leg dich zu mir.«

André verharrt schweigend, mit den Gedanken weit weg. Lúcia gibt nicht auf.

»Komm her, komm.«

André wendet sich ihr mit einem zärtlichen Lächeln zu.

»Ja, Genossin, deine Bitte ist mir Befehl.«

»Blödmann!«

»Soll ich das Licht löschen?«

»Nein, lass es an.«

»Brasiliens meistgefürchtete Revolutionärin hat Angst vor dem Dunkeln?«

»Ich habe keine Angst vor dem Dunkeln ...«

»Warum soll das Licht dann anbleiben?«

★

Das Auge des Amuletts, das auf dem Bett liegt, beobachtet Lúcia beim Anziehen. Sie zieht ein schwarzes Kleid aus dem Schrank, ein Geschenk von ihrem Mann Roberto. Plötzlich erschrickt sie über ihre eigene Geste. Ein undeutliches Gefühl überfällt sie, ein Zögern hält sie zurück: Soll sie zu Andrés Beerdigung mit dem Geschenk eines anderen Mannes gehen? Das Amulett schaut sie forschend an, und sie hat irgendwie das Gefühl, den Mann, dem sie so vieles geschworen hatte, verraten zu haben. Das schwarze Kleid dehnt die Zeit wieder aus. Ja, sie hatte ein Leben. Zwischen Andrés Tod und seinem Begräbnis hat sie viel erlebt. Fast zehn Jahre war sie in Mexiko im Exil. Dort hat sie Volkswirtschaft studiert und ein erstes Mal geheiratet, Gabriel, den Vater ihres einzigen Sohnes, der dann von Roberto aufgezogen wurde. Sie hat ganz Mittelamerika bereist, war unzählige Male in Kuba. Während ihrer Zeit in Mexiko kämpfte sie weiter und hörte erst auf, als sie wieder nach Brasilien zurückkehrte, als wäre sie hier einfach nicht mehr dazu imstande. Sie arbeitete in Unternehmen, unterrichtete, sie führte ein Leben, das sie einst abgelehnt hatte, das ihr aber mittlerweile recht war. Sie interessierte sich nicht mehr für große Veränderungen, sondern begnügte sich mit kleinen Freuden.

Lúcia spürt die Last der Zeit: die Zeit, in der sie so vieles gemacht hat, die Zeit, in der sie nichts gemacht hat. Nie hat sie André vergessen, ihr innerstes Geheimnis, eine Geschichte, die sie niemandem erzählte und die nur das Amulett kennt. Das Amulett, das sie jetzt mit der gleichen Intensität beobachtet wie vor vierzig Jahren. Sie wünscht sich, dass die Ereignisse anders verlaufen wären, dass sie nicht unwiderruflich wären.

»Ich hätte sterben sollen, nicht er.«

Die Haare zum Knoten gebunden, die Augen leicht geschminkt und etwas Rouge auf den Wangen, räumt Lúcia ihre Habseligkeiten von einer Tasche in die andere. Diese banalen Gesten erschrecken sie: »Ich bin am Leben.« Sie ist schon fast an der Tür, als sie sich an das Amulett erinnert. Sie kehrt um, es zu holen, und verzieht den Mund zu einem leicht ironischen Lächeln. Das

Auge des Amuletts in der Tasche, das schwarze Kleid, und Lúcia ist fertig. Als sie die Wohnungstür schließt, wird ihr bewusst, dass sie eigentlich Andrés Witwe ist.

★

»Heute sind wir seit drei Monaten hier. Sollten wir nicht besser den Kampf aufgeben?«

»Den Kampf aufgeben?«

»Ja … Manchmal denke ich, wir vertun unsere Zeit.«

»Willst du lieber so tun, als ob alles in Ordnung ist? Als ob die Diktatur nicht existiert?«

»Nein.«

»Was dann?«

»Manchmal habe ich Angst.«

»Ich auch.«

»Große Angst. Angst aufzufliegen, Angst vor der Folter, Angst zu sterben.«

»Ich habe Angst, dich zu verlieren.«

»Ich auch.«

»Wenn ich auffliege, wartest du auf mich?«

»Wenn du auffliegst, fliege ich auch auf.«

»Wartest du auf mich?«

»Ja. Du auch?«

»Ich auch.«

»Versprochen?«

»Versprochen.«

★

Als Lúcia am Friedhof von Cajú ankommt, nieselt es. Es sind mehr Leute gekommen, als sie gedacht hatte. Alle sind in der Kapelle um den Sarg versammelt. Lúcia sucht ein bekanntes Gesicht, aber sie scheint niemanden zu kennen. Schließlich erkennt sie die Schwestern, nicht an ihren Gesichtszügen, sondern an ihren Tränen. Mônica, die Älteste, trägt in ihrem gelifteten Gesicht die Zeichen des Alters. Die glatten Wangen und die gestrafften Augen zeigen, dass sie verbergen möchte, bereits Großmutter zu sein. Renata, das Nesthäkchen, die früher so an André hing und heute Mutter zweier Heranwachsender ist, drückt Lúcia an sich und lässt ohne Verlegenheit den Schmerz zu. Der Körper ihrer einstigen Schwägerin passt nicht zu Lúcias Erinnerung. Als sie sich kennenlernten, war Renata ein kleines Mädchen, das den Teddybär über den Boden der Wohnung schleifte und Lúcia anhimmelte, die sie oft zu einem Eis oder einem Kinobesuch mit Popcorn mitnahm. Jahrelang dachte Renata an diese Momente. Jahrelang an den Tag, an dem sie sich das letzte Mal sahen, an Lúcias zärtliche Worte, während André sich beeilte, den Rucksack zu schließen: »Wir verreisen, Herzchen, aber wir kommen zurück, ich verspreche es.«

Es dauerte. Aber die Jahre lehrten Renata, dass in Kriegszeiten Versprechen nicht gelten, obwohl die Hoffnung, den Bruder wiederzusehen, jeden Tag von neuem aufkeimte. Die Hoffnung, die selbst von der Unmöglichkeit nicht ausgelöscht wird. In der Umarmung von Renata spürt Lúcia den verzweifelten Wunsch, André zu umarmen.

Rui, der Vater, sitzt alt und gebeugt gleich hinter den Töchtern und Enkelkindern. Als Lúcia ihm über den kahlen Kopf streicht und fragt: »Erinnern Sie sich an mich?«, spürt sie, dass ein Vater genauso unter dem Tod eines Kindes leidet wie eine Mutter. Aber seine Stimme ist sanft, er scheint sich nicht mehr zu erinnern, dass er mit der Schwiegertochter geschimpft hatte, weil er überzeugt war, sie wäre schuld an Andrés politischen Aktivitäten.

Lúcia kennt die Mehrheit der Anwesenden nicht, es müssen Freunde der Schwestern sein, denkt sie. Fast alle ihre Gefährten im bewaffneten Kampf sind gestorben, fast alle sind verschwunden, behauptet der Staat. Aus ihrer Gruppe haben nur wenige überlebt. Aber es sind Überlebende aus anderen Gruppen da, Freunde von André. Lúcia reiht sich in ihren Kreis ein. Zu einigen hat sie ihr Leben lang den Kontakt gehalten, wenn auch nur sporadisch; andere hat sie seit Anfang der siebziger Jahre nicht gesehen. In ihrer Gesellschaft spürt sie eine gewisse Freude, einen Trost, den sie nur bei den einstigen Kampfgefährten findet. Ohne große Aufmerksamkeit hört sie den Geschichten aus der Vergangenheit zu, an die sie sich so gern erinnern und die dem Begräbnis ein wenig von seiner Schwere nehmen.

Lúcia nähert sich Mônica und Renata wieder und hält ihnen auf der Handfläche das Amulett entgegen, das sie gerade aus der Tasche geholt hat.

»Kann ich das hineinlegen?«

»Da hinein?«

»Ja.«

Die Schwestern verbergen ihre Überraschung nicht: Will sie den Sarg öffnen? Die beiden sehen sich wortlos an, wissen nicht, was sie antworten sollen. In den nächsten Sekunden herrscht Stille. Sie vergehen langsamer als gewöhnlich.

»Ich weiß. Aber ...«

»Du brauchst keine Erklärung abzugeben«, sagt Mônica so barsch und bestimmt, dass Renata ihr nicht widerspricht.
Lúcia dankt mit einem einfachen Lächeln und nickt. Dann geht sie langsam zum Sarg. Die Atmosphäre in der Kapelle erscheint ihr jetzt leichter. Die Schwestern weinen nicht mehr, und es herrscht ein solches Stimmengewirr, dass man, wenn der Anlass ein anderer wäre, meinen könnte, die Leute amüsierten sich. Der Deckel ist schwer, Lúcia kann ihn nur mit Mühe öffnen. Manche wundern sich über ihr Tun. Manche wollen ihr helfen, aber niemand rührt sich. Schließlich gelingt es ihr, den Deckel einen Spalt weit zu öffnen, und sie senkt den Arm in den Sarg. Das Amulett gleitet durch ihre Finger und fällt auf das Holz. Das Geräusch hallt im Raum wider, und in diesem Moment schauen alle zu ihr. Schnell zieht Lúcia den Arm zurück. Das Poltern des Deckels, der auf den Sarg zurückfällt, ist weniger erschreckend als das Geräusch des Amuletts.
Aber sie ist von ihrer Schuld befreit. Ja, sie ist erleichtert. Sie hat endlich ihr größtes Geheimnis, ihre schwerste Schuld beerdigt.

★

André und Lúcia sind im Bett, es ist bereits dunkel. Am Nachmittag hatten sie eine Verabredung mit einem Genossen, der nicht am vereinbarten Ort erschienen ist.
»Wir müssen hier weg.«
»Nur die Ruhe. Da war niemand, wir sind hier sicher.«
»Sicherheitsregel Nummer eins: Wir müssen das Haus verlassen.«
»Morgen.«

»Heute, sofort.«
»Bleib ruhig. Morgen gehen wir. Niemand weiß, dass wir hier sind.«
»Also gut, morgen. Aber keinen Tag später.«
Beide sind ruhiger, atmen trotz der ungeheuren Anspannung ein wenig auf. Noch vor Tagesanbruch werden sie aufstehen und weiterziehen. Sie wissen noch nicht wohin, aber sie müssen auf jeden Fall das Haus verlassen. Sie wissen, dass sie hier auf gewisse Weise glücklich waren, obwohl sie zu wenig Zeit haben, darüber nachzudenken. Sie müssen sich ausruhen, der Weg kann weit sein.
»Ich habe Durst.«
»Ich auch.«
»Gerade oder ungerade?«
»Gerade.«
»Ungerade.«
André will schon aufstehen, als Lúcia sagt:
»Lass gut sein, ich geh schon.«
André lächelt. Er ist so müde, dass er nicht widerspricht. Er löst lediglich ein Amulett in Form eines Auges von seinem Hals, seinen Glücksbringer, das Geschenk seiner Großmutter, das er seit dem Tag, an dem er es bekommen hat, trägt. Er streckt es Lúcia hin.
»Hier, nimm. Um dich zu schützen.«
»Bis zur Küche?«
»Man weiß nie. Es kann immer ein böser Wolf auf dem Weg auftauchen.«
Lúcia lacht. André auch. Sie küssen sich, und Lúcia geht die Treppe hinunter. In der Küche füllt sie zwei Gläser mit Wasser,

trinkt einen Schluck und nascht, ehe sie den Kühlschrank wieder schließt, noch schnell vom Käse, den sie zurücklassen werden. Von ferne hört sie ein merkwürdiges Geräusch und erstarrt. Hört sie etwa Gespenster? Nein, sie hört keine Gespenster. Das Geräusch sich nähernder Schritte ist so real wie die zwei Gläser vor ihr. Mit plötzlicher Klarheit schnappt sie die beiden Gläser und versteckt sich in der Lücke zwischen dem Kühlschrank und der Küchentür zum Hof. Ihr Herz rast und droht ihr aus dem Hals zu springen. Die Haustür gibt krachend nach und der Boden unter ihren Füßen erzittert unter den Schritten der eintretenden Männer. Sie reden laut, verteilen sich im Haus, durchsuchen rasch den unteren Teil, das Wohnzimmer, die Küche, das Bad. »Da oben, schnell«, sagt einer von ihnen. Lúcias Hände zittern, als sie die Tür so sacht und geräuschlos wie möglich öffnet. Sie läuft geduckt durch den Hof, als sie Andrés Schrei hört, der sich mit den Schreien der Polizisten mischt. Automatisch beginnt sie zu rennen und springt über die Mauer zum Nachbarhaus, in dem niemand ist. Seine Bewohner haben das Haus zwei Wochen zuvor mit Koffern verlassen und sind bislang nicht zurückgekehrt. Sie schaut sich um, weiß nicht, wohin sie sich wenden soll. Weiß nicht, ob sie fliehen, anhalten oder umkehren soll. Schließlich bemerkt sie hinter dem Haus einen Schuppen, in dem Gartengeräte untergebracht sind. Zum Glück ist die Tür offen. Tatsächlich lässt sich die Tür nicht richtig schließen, und Lúcia zwängt sich hinein zwischen Hacken, Heckenscheren, Mistgabeln, Spaten und Säcken voller Erde. Sie stünde in völliger Dunkelheit da, wäre da nicht das spärliche Licht des Himmels. Sie zittert am ganzen Körper, ihr Herz hat nicht einen Moment aufgehört zu

rasen. Sie weiß, dass sie sie früher oder später finden werden, es ist nur eine Frage der Zeit.
Aber die Zeit verstreicht, und sie tauchen nicht auf. Durch den Türspalt sieht Lúcia, wie es hell wird. Sie steht immer noch da, als die Sonne den Eingang des Schuppens erreicht, und erst dann erlaubt sie sich, was ihr die Angst nicht erlaubt hatte: Sie umschließt das Amulett mit den Händen und weint, ohne Furcht, dass man ihr heftiges Schluchzen hört.

★

Es regnet immer noch, auch nach dem Begräbnis. Lúcia fährt nach Hause. Einige Eindrücke gehen ihr noch einmal durch den Sinn: die wunderbare Trauerrede der Freunde; das Lied von Vandré, bei dem fast alle mitgesungen haben; Renatas herzliche Worte über ihren Bruder. Das Begräbnis war eher ein Treffen als ein Abschied.
Es ist zwei Uhr nachmittags und die Straßen sind frei. Lúcia möchte am liebsten aufs Gaspedal treten und ungehindert drauflosfahren. Das Lächeln auf ihrem Gesicht ist so augenfällig, dass die Fahrer der anderen Autos, die neben ihr an der Ampel halten, ebenfalls lächeln. Lúcia fühlt sich jung, bereit neu anzufangen, wie an dem Tag, als sie an Andrés Seite in dem weißen Haus in Jacarepaguá ankam. Sie schaltet das Radio ein und erkennt die Musik; ihr Sohn hat sie Ende der achtziger Jahre wieder und wieder gehört. Sie hat Lust aufzustehen und zu tanzen. Sie weiß, die Zeit, die vergangen ist, hat sie nicht mehr, aber noch alle Zeit der Welt.

Aus dem Portugiesischen von Renate Heß

Ivana Arruda Leite
Frau aus dem Volk

MONTAG

Es wird Morgen und São Paulo steht still. Der Busfahrerstreik verstopft die Eingeweide der Stadt. Die Menschen drängen sich in privat organisierten Kleinbussen, damit sie keinen Arbeitstag verlieren.
Ich gestehe, dass mir meine eigene Verstopfung mehr Sorgen macht. Mein Bruch kann jeden Moment den Darm einklemmen, und wenn das passiert, bin ich sofort tot. Zumindest sagt das meine Mutter:
»Dein Großvater hat auch nichts gespürt, genau wie du. Auf einmal hat er Stuhl erbrochen, bekam eine Blutung und war tot.«

Die Muskelschicht meiner Bauchdecke ist dünn wie Papier. Der Darm drückt nach außen, die Eingeweide bilden einen weichen Kloß gleich unterhalb des Nabels. In solchen Fällen wird ein Kunststoffnetz eingenäht, um die Eingeweide an ihrem Platz zu halten. Morgen bin ich eine Frau mit einem Hühnergitter im Bauch. Mir bleibt keine Wahl.

Nachher soll ich mich in der Uniklinik melden. Hätte ich Geld, hätte ich eine private Krankenversicherung und müsste mich nicht dem staatlichen Gesundheitswesen anvertrauen, aber mein Leben sieht anders aus. Ich habe es nie geschafft, Geld zu verdienen, und wenn ich mal etwas verdient habe, ist mir davon nichts geblieben. Wenn ich etwas gespart hatte, kam ein Maßnahmenpaket, und mein Geld war futsch. Wenn also der Staat nicht für meine Operation aufkommt, kann es sein, dass ich Scheiße spucken muss und sterbe.

Meine Mutter und meine Tochter kommen mit. Wir gehen alle drei Arm in Arm. Mir fällt jeder Schritt schwer. Kein Mann begleitet uns. Meine Mutter ist seit Langem verwitwet und ich auch. Meine Tochter und ich sind ohne Vater aufgewachsen. Muss erblich sein, diese Manie, die Ehemänner umzubringen.

Meine Mutter trägt den Rucksack mit meiner Wäsche. Sie wird im Krankenhaus bei mir bleiben. Es ist nicht viel, was man in so einer Situation mitnimmt: Slips, Gummilatschen und die unsterbliche Hoffnung, lebendig wieder rauszukommen. Meine Tochter trägt den Beutel mit den Büchern und beschwert sich über das Gewicht:
»Wie lange, glaubst du, musst du hier bleiben?«
Bücher sind meine Rettung. Wenn alles ringsum unerträglich wird, stecke ich die Nase in ein Buch und hoffe, dass sich das Unwetter verzieht.

Ich bin Bibliothekarin an der Philosophischen Fakultät. Eine verbeamtete Staatsdienerin. Ich lebe umgeben von Büchern, habe es mit Bazillen aller Art zu tun – bärtig, schnurrbärtig, im Anzug, mit Krawatte, altersschwach, gebrechlich. Ich spreche natürlich von den Philosophen, denn die in den Büchern machen mich gegen den Schwachsinn immun, von dem ich sonst umgeben bin.
Meine Tochter allerdings ist gegen Bücher allergisch und liebt die Männer. Trotz ihrer erst vierundzwanzig Jahre ist die Liste ihrer Exliebhaber schon länger als das Alphabet. Sie will Schauspielerin werden. Ich fürchte, sie wird mir noch lange auf der Tasche liegen.

Wir haben uns auf Stühle in der Halle gesetzt und warten. Nach und nach treffen die anderen Frauen ein, die auch operiert werden sollen. Arme Frauen, die hier in diesem Viertel wohnen. Sie sind glücklich, weil sie einen Termin ergattert haben. Weiß der Himmel, wie lange sie schon darauf gewartet haben. Nur ich schimpfe. Ach, könnte ich doch so sein wie diese einfachen Frauen.
Wegen des Busfahrerstreiks sind sie früh aus dem Haus gegangen und die steile Straße zum Krankenhaus zu Fuß hinaufgekommen. Ihre Begleiter setzen sich neben sie: Söhne, Männer, Neffen. Auf dem Schoß den Beutel mit ihrem Gepäck: Baumwollslips, Gummilatschen, Rosenkranz, Bananen und die Hoffnung, lebendig wieder rauszukommen, immer diese Hoffnung. Die mit den Gallensteinen ist völlig außer Atem; die mit der Blasensenkung hat sich unterwegs in die Hose gemacht; die mit dem Myom hält sich die ganze Zeit die Hand auf den Bauch.

Trotzdem herrscht allgemeine Erleichterung. Endlich ist es so weit.

Diese Frauen sind offenbar gottergeben. Sie seufzen, stöhnen und rutschen auf ihrem Stuhl hin und her, alles ohne ein Wort zu sagen. Nur ich schimpfe laut auf den Gouverneur, den Gesundheitsminister, den Staatspräsidenten, diese Bande, die mich so arm gemacht hat. Aber es nützt nichts, niemand hört mir zu.

Nachdem ich den ganzen Nachmittag auf dem harten Stuhl gesessen habe, kommt die Aufnahmeschwester, sie ist ausgesprochen schlecht gelaunt.
»Ich helfe nur aus, das hier ist nicht meine Aufgabe. Nicht mal Mittag essen konnte ich wegen dem verdammten Streik, meine Schicht geht bis vier.«
Mit einer Liste in der Hand ruft sie eine nach der anderen auf. Die Frauen verabschieden sich von ihren Angehörigen und stellen sich in einer Schlange vor dem Fahrstuhl an. Als ich an der Reihe bin, fordert sie meine Mutter und meine Tochter auf, nach Hause zu gehen.
»Da muss ein Irrtum vorliegen«, sage ich streitlustig, »meine Mutter bleibt bei mir. Ich bin eine Bedienstete der Universität, ich habe Anspruch auf ein Einzelzimmer mit Bad, Fernseher und Begleitperson.«
»Tut mir leid, aber im Augenblick haben wir kein Zimmer frei. Wenn Sie bleiben wollen, müssen Sie mit den anderen auf die allgemeine Station.«
Mein Bruch kann jeden Moment den Darm einklemmen, und

ich will nicht enden wie mein Großvater. Entweder oder. Wenn es darauf ankommt, entscheidet sich niemand für den Tod. Meine Mutter und meine Tochter verabschieden sich weinend von mir. Noch nie musste jemand aus der Familie auf eine allgemeine Station. Und übrigens auch nie in ein staatliches Krankenhaus. Wir sind erst seit Kurzem arm. Die Schwester beteuert, man werde gut für mich sorgen. Zynische Person.

Schweigend betreten wir den Fahrstuhl. Im Gänsemarsch, mit gesenktem Kopf, voller Angst und Schmerzen gehen wir zum Schlachthof.

Im Zimmer 608 erwarten uns fünf Betten. An jedem Kopfende klebt ein Kreppband mit einem Namen. Meiner steht auf dem Bett an der Tür. Sollte ein Feuer ausbrechen, kann ich mich als Erste retten.
Die Krankenschwester gibt uns Anweisung, weiße Nachthemden aus billigem Stoff anzuziehen, der Name des Krankenhauses ist in rotem Garn draufgestickt. Unsere weißen Hintern sind zu sehen. Für Sonnenbäder oder Besuche im Fitnessstudio hat hier niemand Zeit. Ein gesunder Körper hat für uns eine andere Bedeutung.
Die Schwester bindet mir ein Stoffarmband mit meinem Namen und der Zimmernummer ums rechte Handgelenk. Falls ich mich verlaufe, wissen alle, wohin sie mich zurückschicken sollen.
Wo ist meine Mutter?

Meine Zimmernachbarinnen unterhalten sich in bester Stimmung. Sie fragen einander, wie sie heißen, wie viele Kinder sie haben, ob sie verheiratet sind. Ich höre mir alles schweigend an.

Maria das Virgens ist die lustige Witwe mit der Blasensenkung. Sie wohnt im eigenen Haus, gleich nebenan ihre Kinder und Enkel. Sie hütet die Enkel, damit ihre Töchter arbeiten können. Das Grundstück ist so groß, dass man sogar etwas anpflanzen kann. Papaya, Salat, Zucchini, Minze, alles holt sie sich aus dem Garten. Wie die Indios.
Socorro hat Gallensteine und wimmert vor Schmerzen. Ihr Mann hat versprochen, nicht zu trinken, solange sie hier ist.
»Denk daran, die Hausaufgaben der Kinder nachzusehen.«
Socorro verbringt zum ersten Mal eine Nacht fern von ihren Kindern.
Raquel, die mit dem Myom in der Gebärmutter, ist sehr katholisch und singt ohne Unterlass das Loblied des Herrn. Sie sagt zu allen mein Schatz, mein Liebling, meine Süße. Schrecklich. Sie hat zwei Söhne, denen es finanziell gutgeht.
»Seit mein Mann nicht mehr ist, sorgen meine Söhne sehr gut für mich, Gott sei's gedankt.«
Cátia ist die Jüngste. Sie ist so alt wie meine Tochter, ein riesiges Geschwür zerfrisst ihr den Magen.
Ich denke an meine Tochter, daran, dass sie wie eine Tänzerin aussieht, dass sie ständig einen neuen Freund hat, dass sie tausend Gründe hat, kein Magengeschwür zu haben, und ich frage mich: Wer verteilt eigentlich das Leiden in dieser Welt? Oder wird das Unglück per Zufall verteilt, nach der Devise, wen es erwischt, den trifft es. Wer ist an diesem ganzen Elend schuld?

Raquel dankt Gott dafür, dass ihr Bett am Fenster steht.
»Ich habe dafür gebetet, dass ich ein Bett bekomme, von dem ich nach draußen sehen kann.«
Auch ich habe Johannes den Täufer angefleht, mich in ein Einzelzimmer zu legen, aber er fand, ich sei schon groß genug und könne es gut auf der allgemeinen Station aushalten. Wer hat mir auch gesagt, ich soll mir einen zornigen Propheten zum Schutzheiligen nehmen, einen, der sich von wildem Honig und Heuschrecken ernährt hat und der Menge entgegendonnerte: »Ihr Otterngezüchte, zeigt Reue, denn die Stunde naht!«

Maria das Virgens fällt ein, dass sie die Wäsche nicht von der Leine genommen hat. Sie läuft zum Fenster, vielleicht sieht sie ihre Tochter noch, aber die ist schon weg. Der Streik ist inzwischen beendet, die Busse fahren direkt unter unserem Fenster vorbei.
»Hoffentlich regnet es nicht«, sagt sie mit einem Blick zum Himmel.

Cátia, die mit dem Magengeschwür, erzählt, sie sei am Vormittag beim Friseur gewesen und habe sich die Haare waschen und ganz kurz schneiden lassen.
»Nur die Fingernägel habe ich mir nicht lackiert, weil man bei lackierten Fingernägeln nicht operieren kann, da sieht man nämlich nicht, wenn sie blau anlaufen und die Patientin am Sterben ist.«
Gibt es etwa keine sicherere Methode, um festzustellen, ob jemand kurz vorm Ersticken ist?, frage ich mich. Wo bin ich hier bloß gelandet.

Socorro bittet darum, an ihrem Bett ein Gitter anzubringen. »Ich kann nur in einem Doppelbett schlafen. Dieses Bett hier ist zu schmal. Wenn Sie mir kein Seitengitter anbringen, mache ich die ganze Nacht kein Auge zu.«
Ein kräftiger schwarzer Hilfspfleger namens Eduardo sperrt Socorro in eine Art Kinderbett oder Käfig, damit sie sich sicherer fühlt.

Ich stapele meine Bücher auf dem Nachttisch. Die Mauer ist gezogen. Ich greife nach dem Buch, das obenauf liegt, schlage es auf und tue so, als läse ich. Bücher sind ein wunderbares Versteck.

Der Fernsehraum ist gleich nebenan. Cátia geht sich eine Telenovela ansehen, und Raquel und Maria das Virgens ziehen bester Laune Arm in Arm los. Was glauben sie eigentlich, wo sie sind?
Socorro und ich bleiben im Zimmer. Ich höre sie leise stöhnen. Als Raquel und Maria das Virgens zurückkommen, wissen sie über alle Bescheid. Raquels Neugier kennt keine Grenzen. Sie fragt alle im Zimmer nach ihrer Religion. Mich übergeht sie. Sehe ich womöglich so aus, als hätte ich keine Religion? Kaum bin ich hier, fühle ich mich schon von der Gruppe ausgeschlossen. Am liebsten würde ich sagen: »Hören Sie, ich bin katholisch und bete zu Johannes dem Täufer, aber Sie haben heute, an seinem Tag, dem 24. Juni, garantiert nicht an ihn gedacht. Ich habe schon viele Rosenkränze in meinem Leben gebetet, habe meine Sünden gebeichtet, bin zur Kommunion gegangen, sogar kirchlich geheiratet habe ich. Als Jungfrau.«

Aber sie will gar nichts wissen.
»Wollen wir den Rosenkranz beten?«, fragt sie. Die anderen sind einverstanden.
Als sie die Zimmertür schließen will, protestiere ich. Wenn sie mich schon vom Rosenkranz ausschließen, will ich wenigstens die Nachrichten im Fernsehen hören. Sollen sie sehen, wie sie sich trotzdem konzentrieren.
In rhythmischem, mechanischem Ton folgen ein Vaterunser und ein Ave-Maria auf das andere. Im ersten Geheimnis erfährt Maria, dass sie schwanger ist; im zweiten besucht sie Elisabeth, die Mutter des heiligen Johannes; im dritten sucht die Jungfrau Maria nach einem Ort, wo sie ihr Kind zur Welt bringen kann, findet aber keinen. Das Kind kommt schließlich in einer Krankenstation unter lauter Frauen zur Welt, die sie nie gesehen hat. Beim vierten Geheimnis schlafe ich ein. Als ich aufwache, flehen Evas verbannte Kinder um Barmherzigkeit in diesem Tal der Tränen. O gütige, o milde, o süße Jungfrau Maria.
Ganz bescheiden bitte ich Unsere Liebe Frau, mich bis zum Sonntag leben zu lassen, damit ich das Endspiel der Weltmeisterschaft sehen kann. Wenn Brasilien sich gegen die Türkei durchsetzt, ist der fünfte Titel in Reichweite.

DIENSTAG

Socorro und ich werden als Erste in die Chirurgie geholt. Um halb sieben kommt die Krankenschwester, gibt jeder eine Tablette und schickt uns duschen.
»Aber nicht die Haare waschen, das Skalpell ist elektrisch.«

Das fehlte gerade noch, im Operationssaal wie auf dem elektrischen Stuhl zu enden. Vom Arzt mit einer elektrischen Säge wie ein Baumstamm zerschnitten zu werden. Ein schwarzer Baumstamm. 110 oder 220 V? Quer durch den Saal eine Bügeleisenschnur, »Vorsicht, nicht drauftreten«. Wenn einer drüber stolpert, gute Nacht.

Ich tue so, als duschte ich, warte eine Weile ab und verlasse den Waschraum so schmutzig, wie ich hineingegangen bin. Unterm Elektromesser werde ich jedenfalls nicht sterben. Die Schwester wundert sich:
»Bei Ihnen geht das Duschen schnell, oder?«
Dann fragt sie mich, ob ich eine Prothese im Mund habe.
»Ein Gebiss? Ich? Was glauben Sie denn, mit wem Sie es zu tun haben?«

Mit einiger Mühe klettere ich allein auf die Tragbahre. Socorro schafft es nicht, sie muss von mehreren Händen hinaufgehoben werden.
Die Pfleger schieben mich mit hundert Sachen durch die Flure. Ich komme mir vor wie auf der Formel-1-Rennstrecke Interlagos. Von den Lampen an der Decke und der Tablette, die ich geschluckt habe, bin ich völlig benommen.
Im Operationssaal verpassen sie mir eine Rückenmarksspritze. Ich erkenne die Stimme von Dr. Délio, kann die Augen aber nicht mehr öffnen. Er fragt, ob es mir gutgeht, ich sage ja.
Dr. Délio ist ein großer, kräftiger Mann, blond mit blauen Augen. Er wird mir den Bauch aufschneiden und in meinen Gedärmen wühlen. Welche Schmach.

Nachdem er von oben nach unten geschnitten hat, kann ich mich erinnern gesehen zu haben, wie er ein Stück weißes Kunststoffgewebe auf meinen Bauch legte. Er hat es hierhin und dahin gezogen und zum Abschluss, weil er keine Schere hatte, den Faden mit den Zähnen durchgebissen, so wie meine Großmutter früher. Sie brauchte nie eine Schere. Und jetzt hat sie ihm ein kleines weißes Leinentuch mit meinen Initialen gegeben, das er auf meinen aufgeschnittenen Bauch legen sollte.

Als ich aufwache, blicke ich in vier weit aufgerissene Augen. Meine Mutter und meine Tochter haben auf ein Lebenszeichen von mir gewartet.

»Und? Alles in Ordnung?«

»Das frage ich euch«, antworte ich. »Alles in Ordnung?«

»Die Operation ist gelungen.«

»Und wie geht es Princesa?«

Sie sind beleidigt. Kaum kehre ich ins Leben zurück, gilt meine erste Frage meiner Hündin.

»Wäre ich gestorben, würde sie es nicht überleben«, rechtfertige ich mich.

Aber es hilft nichts. Sie sind fürchterlich eifersüchtig auf Princesa.

An der noch blutigen Naht auf dem Bauch sind die Spuren der Nadel zu sehen. Die Fäden, paarweise kleine Einstiche zu beiden Seiten des großen Schnitts. Zwei rechts, zwei links. Auf der linken Seite haben sie einen kleinen Schlauch angebracht, durch den das Sekret in einen Beutel abfließt, der wie ein Schwanz an mir hängt. In den Adern auf der Hand Kanülen für Kochsalzlösung und Medikamente. Aber am schlimmsten ist der Hunger. Ich komme um vor Hunger. »Erst morgen«, antwortet die Schwester, als ich frage, wann es Abendessen gibt. Ich bitte meine Tochter, mir aus dem Krankenhausbistro eine Hähnchenkeule zu holen, aber sie ignoriert meine Bitte und lacht über mein Gesicht.

Socorros Operation ist auch gutgegangen. Sie haben ihr fast ein Kilo Steine aus der Galle geholt. Neben dem Bett sitzt ihr Mann und hält stolz den Beutel mit den Steinen in der Hand. Er freut sich, dass es ihr gutgeht, und beteuert, er habe seit dem gestrigen Tag keinen Tropfen Alkohol zu sich genommen. Und die Hausaufgaben der Kinder? Hat er nachgesehen, ja.

»Morgen bringe ich sie mit.«

Die Betten von Raquel und Maria das Virgens sind leer. Ihre Angehörigen warten ängstlich im Flur. Es dauert noch eine Weile, dann kommen sie. Als Raquel ihre Söhne sieht, preist sie den Namen des Herrn. Maria das Virgens fragt ihre Tochter, ob sie die Wäsche von der Leine genommen hat.

»Ja, Mama, habe ich, mach dir keine Sorgen.«

Morgen ist Cátia an der Reihe, die Einzige, die noch nicht operiert worden ist.

Der Besuch wird um 18 Uhr weggeschickt, Gott sei Dank. Wir sind erschöpft und wünschen uns Ruhe. Jetzt macht nur noch der Fernseher Krach. Offensichtlich schert sich niemand um die vier frisch operierten Frauen in Zimmer 608.

Ich habe eine fürchterliche Nacht. Mir ist eiskalt, aber ich kann mich nicht zudecken, weil ich überall an Schläuche und Nadeln angeschlossen bin. Der Rücken tut mir weh, die Stiche, der Kopf, der Magen, alles schmerzt.

Eine Schwester setzt mich die ganze Nacht hindurch immer wieder auf die Bettpfanne und beschwert sich, als wäre sie nicht dazu da:
»Mein Gott, was Sie viel Wasser lassen!«

MITTWOCH

Gegen Morgen leert die Schwester den Beutel, den man mir angehängt hatte, misst meine Temperatur und sagt, ich soll duschen gehen. Allein. Das kann ja nur ein Witz sein. Wie soll ich aufstehen mit all diesen Schläuchen, die an mir hängen, mit dieser Nadel, dem Beutel … weiß die eigentlich, dass ich operiert worden bin? Aber die Idiotin meint es ernst:
»Nun mal los, junge Frau, gehen wir.«
Ich steige langsam aus dem Bett, habe höllische Angst zu fallen und schiebe auf dem Weg zum Waschraum den Ständer mit dem Tropf vor mir her. Als ich ankomme, bin ich erschöpft. Die dicke blonde Schwester schnaubt gereizt, weil ich so lange gebraucht habe. Ich könnte sie erwürgen. Sie stellt die Dusche an und sagt, ich soll mich ausziehen.
»Sehen Sie nicht, dass ich am ganzen Körper Schläuche habe?«
Mit mürrischer Miene hilft sie mir und reicht mir zwei saubere Nachthemden.
»Wozu zwei?«
»Eins zum Anziehen, das andere zum Abtrocknen, wir haben gerade keine Handtücher.«
Mich mit einem Nachthemd abtrocknen. Wie weit ist es mit mir gekommen. Ich stoße die Tür mit dem Fuß auf und versuche,

aus dem Alptraum aufzuwachen. Ich blicke auf den Wasserstrahl, auf das Nachthemd, das mir als Handtuch dienen soll, auf meinen wackeligen Körper und beschließe, ganz bestimmt nicht zu duschen. Ich warte eine Weile, dann stelle ich das Wasser ab. Ich ziehe das eine Nachthemd an, mache das andere unterm Wasserhahn nass, damit sie denkt, ich hätte es benutzt, und gehe so trocken und schmutzig hinaus, wie ich hineingegangen bin.

»Schon fertig?«, fragt sie verblüfft. »Unglaublich, wie schnell Sie duschen können!«

»Da sehen Sie mal.«

»Auf dem Bauch ist aber noch überall Mercurochrom.«

»Ist nicht meine Schuld, wenn der Mist nicht abgeht.«

Raquel duscht in aller Ruhe und kommt duftend heraus. Maria das Virgens und Socorro schlafen wie kleine Kinder. Nur Cátias Bett ist leer, sie ist inzwischen zur Operation abgeholt worden.

In unserem Zimmer höre ich die Begeisterung der Fans im Fernsehraum. Brasilien und die Türkei sind aufgelaufen. Angeregt vom Duschen, das nicht stattgefunden hat, gehe ich mir das Spiel ansehen.

Ich denke an die Weltmeisterschaften, die ich mit Bier, Grillfest und Getrommel erlebt habe. Ich sehe mich um und erblicke nichts als Leute mit Verbänden, mit Gips oder im Rollstuhl. Die Tropfständer verhaken sich ineinander. Das Pflegepersonal besorgt für jeden einen Sessel. Meiner ist so bequem, dass ich auf der Stelle einschlafe. Vom Geschrei wegen eines Beinah-Tors werde ich wach und gehe zum Weiterschlafen ins Bett.

Als die Schwester mich zum Mittagessen weckt, frage ich, wie das Spiel ausgegangen ist.
»Eins zu null für Brasilien.«
»Wer hat das Tor gemacht?«
»Ronaldinho.«
»Der aus dem Süden?«
»Nein, der hat nicht gespielt. Ich meine Ronaldo.«
Ich jubele:
»Hurra! Wir sind im Finale!«
»Sind Sie so ein Fußballfan?«
Selbstverständlich bin ich das. Wofür hält man mich eigentlich?

Das so sehnsüchtig erwartete Mittagessen besteht aus einem Teller mit durchsichtiger Suppe. Das kann nur Absicht sein.
Nach der dünnen Suppe die Freude, dass meine Mutter und meine Tochter Arm in Arm zu Besuch kommen. Meine Mutter drängt darauf, dass ich aufstehe und mich etwas bewege. Wieso müssen die Leute immer alle Kranken zum Gehen bringen? Ich protestiere, sie schleppt mich trotzdem mit.
Auf dem Flur begegnen uns Raquel und Maria das Virgens, beide bester Stimmung. Man könnte meinen, sie befänden sich in einem Shopping-Center. Maria das Virgens stellt mir ihre Enkelinnen vor:
»Die beiden sind die Freude meines Lebens: Selma und Lidiane.«
Dann ruft sie ihre Söhne.
»Ich möchte Sie mit meinen Schätzen bekannt machen.«
Die Schätze zeigen sich widerstrebend und kehren eiligst zum Fernseher zurück.

Socorros Mann lässt den Fußball Fußball sein und verharrt an ihrer Seite. Weltmeisterschaft ohne zu trinken, dann lieber gar nicht zusehen.
Cátias Mutter ist nervös. Es ist fast vier Uhr nachmittags, und ihre Tochter ist noch immer nicht aus dem OP zurück. Nach einer weiteren halben Stunde taucht sie vollkommen wach und halb verhungert auf. Sie ist nicht operiert worden. Seit acht Uhr morgens hat sie auf einen Anästhesisten gewartet, der aber nicht erschienen ist. Man hat sie über sechs Stunden nüchtern auf der Tragbahre liegen und frieren lassen, schließlich hat man aufgegeben und sie zurückgebracht. Eine Sozialarbeiterin begleitet sie und bittet um Entschuldigung:
»Sie können nach Hause gehen und abwarten, bis wir Ihnen einen neuen Operationstermin mitteilen.«
Die Mutter fängt an zu schreien:
»Daran ist diese verdammte Weltmeisterschaft schuld. Ich wette, die Anästhesisten haben sich das Spiel angesehen und hatten keine Lust zu arbeiten.«
Ganz bestimmt.
Cátia packt ihre Sachen und geht. Weiß der Himmel, wann sie wiederkommt. Das Geschwür wird ihr weiter den Magen zerfressen, während meine Tochter tanzt.

Von Weitem höre ich ein Geräusch, das mich entzückt: Der Servierwagen mit dem Essen naht. Vielleicht bekomme ich jetzt etwas Anständiges zu essen. Und so ist es.
Nichts auf der Welt könnte mich glücklicher machen als dieses Gericht aus Reis, schwarzen Bohnen, Fleisch, Kartoffelpüree und Brotpudding. Wer hätte das gedacht.

Das Abendessen belebt mich, ich gehe ins Fernsehzimmer, um die Sieben-Uhr-Nachrichten zu sehen, die gerade anfangen.

Da kommt ein sehr dicker junger Kerl in den Raum, leicht mongoloid, in einem Nachthemd, die pummeligen Beine nackt, und schaltet frech auf ein anderes Programm um. Die Leute protestieren:
»He, Rafael, so geht es nicht!«
Er will die Telenovela auf SBT sehen. Da er schon länger als wir alle hier ist, glaubt er, Sonderrechte zu besitzen. Keiner wagt, sich dem Elefantenkerl zu widersetzen.
»Wenn die Nachrichten auf TV Globo kommen, schalte ich um«, verspricht er.

Raquel will die Zimmernachbarinnen für ein Rosenkranzgebet gewinnen.
»Wir müssen für den Erfolg unserer Operation danken. Gestern haben wir nicht gebetet.«
Eine nach der anderen findet eine Ausrede und stiehlt sich hinaus. Socorro flüstert mir zu:
»Die Frau geht mir auf die Nerven, die hält sich für die Herrin des Himmels.«
Maria das Virgens entkommt ihr nicht.

Als die Telenovela zu Ende ist, schaltet Rafael wie versprochen auf TV Globo um. Zu jeder einzelnen Nachricht gibt er einen Kommentar ab. Politik, Wirtschaft, Sport, für alles hat er eine Lösung. Als auf dem Bildschirm das Gesicht eines Dealers gezeigt wird, sagt er plötzlich:

»Der liegt in meinem Zimmer.«
Wir sind alle erschrocken und werfen verstohlen einen Blick in sein Zimmer. Tatsächlich liegt darin ein junger Mann. Sollte es wirklich besagter Dealer sein? Die Krankenschwester bestätigt es. Auf unsere Fast-Panik hin lacht Rafael laut los.
»Keine Sorge, Leute! Dem sind beide Arme verbunden, der kann jetzt keinem was tun.«

Ein sehr freundlicher Mann neben mir scherzt mit allen. Er sitzt im Rollstuhl und hat nur noch ein Bein. Ich frage, ob er schon lange hier ist. Die Unterhaltung zwischen den Patienten fängt immer so an: Wie lange sind Sie schon hier? Woran sind Sie operiert?
»Seit letztem Monat. Ich bin Maurer, ich habe an einem Hochhaus gearbeitet, dabei ist mir eine Steinplatte aufs Bein gefallen, und es musste amputiert werden. Jetzt werde ich für eine Prothese vorbereitet.«
Er ist mit seiner Frau in einem Einzelzimmer untergebracht. Vermutlich in dem, das mir zustehen würde, weil ich an der Universität arbeite.
Als er von seinen Kindern spricht, leuchten seine Augen.
»Sidinei ist fünf, der geht schon zur Vorschule. Er ist unser Nachkömmling. Außerdem habe ich Luzimar, sie ist dreizehn, und Bernadete ist fünfzehn.«
Am liebsten würde ich ihn bitten, mir nicht weiter von dieser schrecklichen Geschichte zu erzählen, aber offenbar findet er die Geschichte gar nicht so schrecklich. Er hat zwar sein Bein verloren, aber das Beste ist ihm geblieben: Luzimar, Bernadete und Sidinei.

Ich gehe zurück in mein Zimmer und ziehe mir die Decke über den Kopf. Ich bete dafür, dass ich diese Nacht gut schlafe. Dass mir nicht im Traum eine Steinplatte aufs Bein fällt. In meinem Bett höre ich, wie Sidinei seinen Vater im Rollstuhl durch die Flure schiebt. Wrumm ... wrumm ... Biep-biep ... Pfong-pfong.

Ich schrecke aus dem Schlaf hoch, neben meinem Bett steht ein riesiger schwarzer Kerl mit zahnlosem Mund.
»Her mit der Knete«, sagt er und richtet eine Waffe auf mich.
»Welche Knete?«, frage ich erschrocken. »Sehen Sie nicht, dass ich im Krankenhaus liege? Ich bin frisch operiert, wo soll ich hier Geld haben?«
Die Bande des Gangsters, der im Krankenhaus liegt, will ihn rausholen und hat die Nachtschwester überwältigt. Nebenbei rauben sie die anderen Patienten aus. Wir sind Geiseln von Kriminellen.
»Denkst du, ich weiß nicht, dass du reich bist?« Beim Sprechen spuckt er mir ins Gesicht. »Denkst du, ich hab nicht gesehen, was für einen Riesenschlitten du fährst? Und dass du eine Menge Geld für Bücher ausgibst, denkst du, das weiß ich nicht?«
»Glauben Sie, wenn ich reich wäre, läge ich hier in diesem beschissenen Krankenhaus?«
Er greift mir an die Kehle, aber bevor er zudrücken kann, fange ich an zu schreien. Ich wache davon auf, dass die Krankenschwester mich rüttelt:
»Es ist alles gut. Sie hatten einen Alptraum.«
Ich setze mir die Brille auf, um mich zu vergewissern. Es stimmt, ganz offensichtlich ist kein Gangster hier gewesen. So ein Mist.

DONNERSTAG

Die Schwester weckt mich um sechs Uhr früh, obwohl das Frühstück erst um acht kommt. Da ich inzwischen die Gepflogenheiten dieses Hauses kenne, hebe ich mir immer ein paar trockene Kekse vom Vortag auf, um sie morgens zu essen. Nach und nach lerne ich, wie man auf einer allgemeinen Krankenstation überlebt.

In Cátias Bett liegt nun Dona Irma, eine vollkommen krumme alte Frau mit von der Arthrose verformten Beinen und Füßen. Sie soll an einem enorm großen Nabelbruch operiert werden. Seit drei Jahren wartet sie auf diesen Termin.

Dona Irma wohnt in einer Favela nicht weit von hier, ihre Hütte teilt sie mit einer noch älteren Freundin. Tag für Tag zieht sie mit einem Bauchladen durchs Viertel und verkauft herzhafte Snacks. Unsere Zimmernachbarinnen kennen sie vom Sehen. Aber sie hat eine Tochter, »die sehr gutsituiert ist«.

Eduardo – der Ebenholzapollo – schiebt ein Holzbrett unter ihre Matratze, damit sie gerade liegt und nicht versinkt.

Dona Irmas Augen sind himmelblau, richtig hellblau, und sie geniert sich vor den Krankenschwestern. Noch nie hat sie sich vor jemandem ausgezogen. Woran sie gut tut, alte Frauenkörper sind hässlich.

Vielleicht sind alte Männerkörper nicht ganz so hässlich, aber wir Frauen schämen uns besonders für unsere alten Körper. Wir sind ständig bemüht, die Beine, den Busen, den Hintern zu verstecken. Krank sein heißt nicht, kein Schamgefühl zu haben.

Gleich nach dem Frühstück kommt eine Ärztegruppe zur Visite.
Sie stellen sich rund um mein Bett auf.
Der Älteste, grau meliert und gut aussehend, ist der Professor. Mit sonorer Stimme erklärt er den Studenten meinen Fall in einer kuriosen Mischung aus Fachbegriffen und Tipps zur brasilianischen Nationalmannschaft.
Ob ich da bin oder nicht, ist egal. Sie reden über mich, ohne mich anzusehen. Meine Krankenakte enthält alle Informationen, die sie brauchen. Schlimmer noch als namenlos sein ist unsichtbar sein.
Die Visite entscheidet, dass ich noch einen Tag bleiben soll, »um das Infektionsrisiko so gering wie möglich zu halten«. Sie verkünden ihr Urteil und gehen weiter, ohne ein Wort an mich zu richten. Sie stellen den Tropf ab, entfernen aber nicht die Drainage. Sie sagen, in meinem Bauch gebe es noch viel Sekret. Erwarten die etwa, dass ich ganz austrockne?

Als die Herrschaften weitergehen, schickt die Schwester mich zum Duschen.
»Heute kommen Sie nicht drum herum.«
Die Frau weiß alles.
Endlich dusche ich so, wie es sich gehört und dringend nötig ist. Diesmal gibt es sogar Handtücher. Als ich vollkommen eingeseift bin, klopft Dr. Délio. Ich freue mich so über seinen Besuch, dass ich von innen rufe:
»Kommen Sie rein!«
Schließlich kann der Mann, der mir den Bauch aufgeschnitten hat, mich ruhig eingeseift sehen. Aber das will er nicht.
»Ich komme rein, werde aber wegsehen. Ich habe gehört, dass

Sie heute noch nicht nach Hause gehen«, sagt er, den Blick auf die blauen Kacheln gerichtet.

»Die Ärzte haben gesagt, ich soll lieber noch einen Tag hierbleiben.«

»Wenn Sie wollen, können Sie gehen, ich entlasse Sie. Wollen Sie?«

Ich bedanke mich, sage aber, ich würde lieber kein Risiko eingehen.

Als ich aus dem Waschraum rauskomme, haben sich meine Zimmernachbarinnen vor Lachen fast in die Hose gemacht.

Vom Fernsehzimmer aus kann ich Rafael schlafen sehen. Seinem Gesichtsausdruck nach zu urteilen träumt er bestimmt von der Hauptdarstellerin in der SBT-Telenovela. Der Dealer im Nachbarbett schläft tief und fest wie ein Engel. Sein Gesicht habe ich noch nicht gesehen. Er liegt ganz zusammengerollt mit dem Gesicht zur Wand.

Die Köchin im Fernsehen bereitet ein Pfannengericht aus Maniokmehl und Crevetten. Irgendwann werde ich das mal nachkochen, aber nicht mehr wissen, wo ich es gelernt habe.

Eine Frau nähert sich im Rollstuhl. Ihr fehlt der rechte Fuß. Raquel, die Christin, spricht sie an:

»Thrombose?«

»Ja.«

»Vom Rauchen?«

Die Patientin, die den ganzen Tag im Raucherzimmer steckt, antwortet stinksauer:

»Nein, das ist erblich. Meine ganze Familie hat das.«
»Aber ich wette, dass alle rauchen.«
»Ja.«
»So Gott will, wird Ihr Fuß wieder gesund. Ich meine den anderen, denn der eine hier ist ja schon weg, nicht wahr, Schätzchen?«

Rafael wacht auf und rennt durch den Flur. Er hat solche Anfälle. Dann bleibt er stehen und rührt sich nicht vom Fleck. Anschließend rennt er wieder los. Die Krankenschwestern haben Geduld mit ihm.

Dona Irma, die krumme Alte, wird zur Operation abgeholt. Hoffentlich kommt sie lebend zurück.

Raquel nimmt ihren jüngeren Sohn an die Hand und stellt ihn mir zum zehnten Mal vor.
»Dieser Junge musste mit der Zange geholt werden, er wog fünf Kilo. Ich habe so gelitten, dass ich Angst vor Männern bekam. An dem Tag, als er geboren wurde, waren Leute aus Amerika auf der Geburtsstation. Als sie hörten, wie groß er ist, haben sie ihn gefilmt. Der Film wurde dann in Amerika gezeigt. Er bekam dauernd Angebote für Werbeaufnahmen, aber mein Mann hat das nicht erlaubt. Er hat dem Jungen die Zukunft verbaut. Wir hätten reich werden können.«
Der Junge möchte am liebsten im Erdboden versinken, so peinlich ist es ihm. Er entschuldigt sich ganz schnell und geht das Spiel Deutschland gegen Korea ansehen. Einer von beiden wird das Endspiel gegen Brasilien bestreiten.

»Hätte er eine Karriere als Werbemodel gemacht, hätte er mich bestimmt in eine Privatklinik gebracht.«
Socorro ist entlassen worden. Ihr Mann hat sie abgeholt. Er ist überglücklich mit dem Beutel voller Gallensteine abgezogen.
»Die Kinder werden begeistert sein«, hat er mit seiner Trophäe in der Hand gesagt.
Heute kann sich ihr Mann endlich einen hinter die Binde gießen.

Ihren Platz hat Mercedes eingenommen, eine hübsche junge Mulattin, die als Haushaltshilfe arbeitet. Sie befand sich praktisch in den Flitterwochen, als sie in der linken Brust einen Knoten entdeckte. Aber sie ist zuversichtlich:
»Meine Chefin hat auch so eine Operation gehabt und ist am nächsten Tag nach Hause gekommen. Allerdings war sie im Einstein.«
Der Arzt, der Mercedes untersucht, gefällt ihrem Mann nicht. Er sieht zu gut aus, ist zu höflich, hält die Hand seiner Frau zu liebevoll. Die Frauen im Zimmer werden ganz aufgeregt.
»Wollen wir den Arzt tauschen?«, fragen wir euphorisch.
Die Stimmung im Zimmer 608 ist so überschwänglich wie schon lange nicht mehr. Es brauchte nur ein schöner Mann hereinzukommen, damit uns bewusst wird, dass wir noch am Leben sind. Selbst die winzigen blauen Augen von Dona Irma waren auf einmal groß. Und rund wie zwei Murmeln.
Mercedes' Mann ist besorgt weggegangen, weil er seine Frau in dieser Höhle verderbter Weiber zurücklassen muss. Am liebsten hätte ich gesagt: Sex bedeutet Gesundheit, mein Guter. Ein kranker Körper hat keinen Sex. Dass wir wieder Verlangen verspüren, heißt, wir sind fast so weit, dass wir hier rauskönnen.

Am Abend im Fernsehraum sucht sich Rafael immer mich zum Reden aus. Sieht man näher hin, erkennt man in seinem Gesicht einen merkwürdigen, leicht rötlichen Flaum, den man aber schwerlich als Bart bezeichnen kann.

Wenn wir uns unterhalten, hat er hin und wieder einen Aussetzer, sitzt stumm da und starrt ins Leere. Nach wenigen Sekunden schaltet er sich wieder ein und fragt:

»Worüber habe ich gerade gesprochen?«

»Über deinen Zimmernachbarn, den Dealer.«

»Das weißt du noch gar nicht?« Er reißt die Augen auf. »Heute Nacht hat er sich den Verband vom Arm gerissen, seine Sachen angezogen und ist abgehauen. Er ist hier so nervös geworden, dass er es nicht mehr ausgehalten hat und getürmt ist. Anscheinend gibt es eine Gang, die ihn umbringen will.«

»Weißt du, dass er in meinem Zimmer war, bevor er abgehauen ist? Beinahe hätte er mich umgebracht.«

»Im Ernst?« Seine Lippen zittern.

»Ich mache nur Spaß«, sage ich schnell, bevor er einen Infarkt bekommt.

Wir lachen beide laut los. Einer lügt besser als der andere.

Später setzt sich eine Dozentin von der Wirtschaftsfakultät zu uns. Sie ist die Begleitperson ihrer Mutter, die sich zum zweiten Mal in diesem Jahr das Bein gebrochen hat. Sie zieht eine theatralische Bilanz ihres Lebens.

»Fünfunddreißig Jahre bin ich jetzt an der Universität, und wofür? Die reinste Zeitvergeudung.«

»Sie sind nicht die Einzige«, tröste ich sie. »Was ich an deprimierten Dozenten sehe, das hält man nicht für möglich.«

Zu meiner Linken ein geistig Behinderter; zu meiner Rechten

eine Akademikerin. Ich sehe nach links, dann nach rechts und stelle fest, dass sie ziemlich ähnliche Dinge sagen. Vor allem, wenn sie über die Politiker im Fernsehen schimpfen.

Dona Irma hat alles gut überstanden. Die Operation war erfolgreich.
Und wo bleibt ihre Tochter? Keine Spur von der Tochter. Nicht mal für fünf Minuten zu Besuch.
Eine, die ihre Mutter derart sich selbst überlässt, die muss wirklich sehr gutsituiert sein.

FREITAG

Wenn fünf Frauen in einem Zimmer schlafen, gibt es garantiert immer eine, die weint. Maria das Virgens hat die ganze Nacht geweint. Ich habe gefragt, ob sie Schmerzen hat, ob ich die Schwester holen soll, aber sie hat gesagt, das sei nicht nötig.
»Hin und wieder überkommt mich so eine Traurigkeit.«
Ausgerechnet sie, die es am besten hat, die mit ihren Töchtern Tür an Tür wohnt, die ein eigenes Haus hat, die Rucola aus dem Garten holt, die sich um die Enkelinnen kümmert.
Raquel hat es offenbar nicht gehört. Sonst würde sie an ihrem Bett stehen und fragen:
»Was hast du, Schätzchen? Sag es mir, Liebes.«
Raquel, die Katholikin, versteht wahrscheinlich nichts von diesen traurigen Stimmungen, die nachts auftreten, ganz ohne Grund, und sich gegen Morgen wieder verziehen. Oder vielleicht doch.

Mercedes ist inzwischen zur Operation abgeholt worden. Als sie das Zimmer verließ, habe ich ihr von ganzem Herzen dasselbe Glück gewünscht, das ihre Chefin hatte.

Sie hat mich an eine Haushaltshilfe erinnert, die ich einmal hatte und die auch operiert werden musste. Eine Woche später kam sie wieder arbeiten. Als sie mir vom Krankenhaus, der Krankenstation erzählte, habe ich gedacht: Die Ärmste, was hat sie gelitten. Wenn ich das durchmachen müsste, würde ich sterben.
Ich bin nicht nur nicht gestorben, die Ärzte haben entschieden, dass ich nach Hause gehen kann. In mir gibt es kein Sekret mehr. Sie denken, dass ich ihnen glaube.
Dona Irma hingegen geht es richtig dreckig. Ihre Naht hat sich entzündet, das ganze Bett war blutverschmiert. Eduardo hat alles saubergemacht.

Dr. Délio kommt ein letztes Mal zu mir. Als er hört, dass ich nach Hause gehe, streckt er mir gleichgültig die Hand entgegen:
»Dann also auf Wiedersehen. Und am Freitag kommen Sie zum Fädenziehen.«
Als könnte er mich nicht schnell genug loswerden.

Rafael hört das Gespräch und kommt sich auch verabschieden.
»Du gehst?«, fragt er kurz vor einem Aussetzer.
»Ja. Ich dachte schon, ich käme nie mehr hier raus.«
Er lacht:
»Alle kommen mal raus. Und sei es auf den Friedhof.«

Beim Mittagessen putze ich den Teller leer. Nur den Nachtisch esse ich nicht, diese Sorte Bananen kann ich nicht leiden.
»Warum haben Sie die Banane nicht gegessen?«, fragt Raquel scheinbar ganz unbeteiligt.
»Von dieser Sorte kriege ich Verstopfung.«
»Lustig, ich habe auch leicht Verstopfung, aber diese Bananen liebe ich.«
»Dann nehmen Sie sich doch meine.«
Ich muss sie nicht weiter drängen. Blitzschnell greift sie nach der Banane und rennt weg. Als sie sie aufgegessen hat, kommt sie zurück und legt die Schale auf mein Tablett. Soll einer klug werden aus so einer Frau.

Nach einer grauen Woche steht die Sonne wie eine Goldmedaille am blauen Himmel. Eine Sonne zum Vorabend des Endspiels der Weltmeisterschaft und zur Feier meiner Genesung.

Dona Irma schläft friedlich, das Licht vom Fenster fällt hell auf ihr Gesicht. Besagte Tochter ist gestern Abend vorbeigekommen. Eine große, gepflegte Frau mit Perlenkette und Lederhandtasche. »Ich habe so viel zu tun.« Sie tätschelte der alten Frau die Hand, dann ging sie, und ihre Absätze klapperten auf dem gummierten Bodenbelag.
Eines Tages wird sie Dona Irma an einer Ecke ihre Snacks verkaufen sehen und wissen, dass ihre Mutter nicht mehr im Krankenhaus liegt.

Als Mercedes aus dem OP zurückkommt, atmet ihr Mann erleichtert auf. Sie lacht ihn überglücklich an und zeigt dabei ihr rosa Zahnfleisch. Noch nie hat ihr Mann sie ohne Gebiss gesehen. So jung und schon keinen einzigen Zahn mehr im Mund.

Meine Mutter und meine Tochter kommen mich abholen. Meine Tochter beschwert sich wieder:
»Ich wette, du hast kein einziges Buch gelesen.«
»Doch. Ich habe *Materiaes* von Sérgio Fantini gelesen, das ist ein wunderbarer Schriftsteller aus Belo Horizonte.«

Ich verabschiede mich von meinen Zimmernachbarinnen und gehe, bei meiner Mutter und meiner Tochter eingehakt, im Schneckentempo los. Maria das Virgens ist auch entlassen und geht vor uns, an jeder Hand eine Enkelin.

Der Innenhof des Krankenhauses war reich mit Wimpeln geschmückt. In der Mitte ein riesiger Tisch mit Popcorn, Couscous, Maisbrei und Glühwein. Das Personal feierte den Tag des heiligen Petrus. Unwillkürlich tanzten wir mit.
Eine Rakete stieg hoch auf und zerplatzte zu einem Silberregen, der über dem ganzen Krankenhaus niederging. Für Raquel war das bestimmt eine wunderbare Erscheinung der Jungfrau Maria.
Dona Irmas Tochter hatte endlich ihre Mutter zu sich geholt. Adieu, gebratene Hühnerschenkel, gefüllte Teigtaschen, Krabbenpasteten.
Die Krankenschwestern lachten und versorgten alle mit rührender Freundlichkeit.
Im Krankenhaus waren genug Betten frei, niemand brauchte auf eine Operation zu warten.

Aus Freude darüber, dass ich diesen Ort lebend verlasse, habe ich alles so gesehen, wie es sein sollte.

Als ich nach Hause komme, springt Princesa an mir hoch und pinkelt vor lauter Freude ins ganze Wohnzimmer. Ich küsse ihre Schnauze ab. Verzweifelt bemüht sich meine Mutter, uns zu trennen, doch vergeblich:
»Du holst dir eine Infektion. Die Hündin macht dir deine Naht kaputt.«
»Pfotentritte aus Liebe tun nicht weh.«

Meine Tochter hilft mir die Treppe hinauf und legt mich in das Bett mit frischen, duftenden Laken. Ich bin wieder ein Baby, alt und glücklich.
Das Krankenhaus, die Station, der Tropf, die Medikamente, der Essenswagen, die Bettpfanne, der Fernseher, das amputierte Bein, die Duschbäder, die ich nicht genommen habe, die Frauen, diese Frauen, die ich mitgebracht habe, all das wird allmählich zu einer schmerzlosen Erinnerung.

SAMSTAG

Am frühen Samstagmorgen kommt meine Tochter in mein Zimmer und schaltet den Fernsehapparat ein.
»Aufwachen, Mama, das Spiel fängt gleich an.«
Sie bindet mir ein gelb-grünes Band um den Kopf und setzt sich neben mich. Wir halten uns fest an der Hand.

Der Schiedsrichter pfeift. Am Himmel über der Stadt platzt eine ganze Raketensalve. Brasilien und Deutschland sind bereits aufgelaufen. Das Spiel beginnt.

Aus dem Portugiesischen von Karin von Schweder-Schreiner

Beatriz Bracher

Zezé Sussuarana

Für Flor aus Cipó, Natalia Ginzburg aus Palermo und für Roberto aus Urupês, von Herzen

1

Oben auf dem Berg glühte das Feuer, und auch der Himmel glühte. Noch war Sant' Anna nicht angebrochen, aber Sussuarana reiste vorher ab, er musste gehen, also machten wir das Feuer schon am Vorabend. Eine kleine Feier von unseren Leuten. Die Nacht war kalt, es wurde gesungen, und wir riefen im Chor die Heiligen und Santa Anna an, damit er sah, wie das war. Jetzt ist er schon fast einen Monat weg. Am Abend nach seinem Aufbruch fand das richtige Fest statt, mit allen vom anderen Flussufer. Ein großes Fest mit Prozession, Priester und Tanz für unsere Schutzpatronin. Aber er konnte nicht bis dahin warten, warum, weiß ich nicht. Er konnte nicht, und deswegen haben wir aus Campo Redondo uns darauf geeinigt, es so zu machen. Santa Anna würde nichts dagegen haben, sagte meine Vó, weil

es von Herzen kam und weil die Aufrichtigkeit des Glaubens nun wirklich nichts mit dem Kalender zu tun hatte.
Wir fanden alle, dass es richtig so war. Ich habe nicht darum gebeten, und er erst recht nicht. Ehe ich mich's versah, liefen schon die Vorbereitungen, ich sortierte das Getreide und wusch den Mais, Zezé schmückte den Fahnenmast, und jeder tat das Seine, wohl wissend, dass es erst der Vorabend war, und selbst die, die sonst so viel redeten, sagten kein Wort. Es gab keine Diskussion, Vó machte alles so, dass es schien, als wäre es immer so gewesen. Dabei war das nicht immer so, im Gegenteil. Seit Vô Benedito tot ist, gibt sie den Ton an, und das heißt gelegentlich, dass sie gar nicht bestimmt, sondern die Dinge geschehen lässt. Darum gibt es manchmal Auseinandersetzungen und Streit über Kleinigkeiten. Leute, die von früher erzählen und wie es immer schon war, ohne dass sie dabei gewesen wären und wissen könnten, ob es wirklich so war, und andere, die meinen: Na und? Heute ist heute, und wir können nicht ändern, was sowieso längst anders geworden ist. Vó hört zu, geht kurz weg, röstet Nüsse, und wenn sie wiederkommt, ist das Ganze schon in eine bestimmte Richtung gekippt, aber am Ende hat sie das letzte Wort, und keiner sagt dann mehr etwas. Voinha, meine Großmutter, Mutter meiner Mutter und Vós Tochter, hat zu allem eine Meinung. Sie kennt die Bräuche, weil sie die älteste Tochter ist und Vô Beneditos Geschichten gehört hat, von Vós und Vôs Schwestern und Cousinen. Sie hat geholfen, die Kleinen so zu erziehen, wie es die alten Tanten sagten, sie kennt Bruchstücke der alten Sprache, die Lieder, Gebete und Tänze. Wir alle kennen sie, aber sie kann sie auch erklären, mit ihren Hintergründen. Vó kann das sicher auch, aber sie ist keine

Frau vieler Worte. Voinho, Mutters Vater und Vós Neffe, macht alles, wie es nach der Tradition gehört, er kennt jedes Blatt und jede Wurzel, die Namen aller Hölzer und Kräuter, stellt Medizin her und erzählt alte Geschichten aus vergangenen Zeiten, hat ein offenes Lachen und stört sich nicht daran, wenn jemand es anders macht, für ihn zählt nur, dass einer fleißig ist.

Genau genommen sind von den Fleißigen nur noch wenige übrig. Das Leben ist hart, und sobald die Menschen hier alt genug sind, gehen sie fort. Wer zurückkommt, hat es nicht geschafft, der kommt traurig und kraftlos zurück. Oder sie kommen zurück wie meine Mutter, um die Kinder hierzulassen, und verschwinden dann wieder, schicken ab und zu Geld. Ich bin in der Großfamilie aufgewachsen. Hier vermischt sich alles, die Kinder laufen überall herum, toben in den Häusern, spielen auf der Straße und im Wald, aber wissen alle, in welches Haus sie müssen, wenn es dunkel wird; nur ich wusste das nicht. Quincas, mein jüngerer Bruder, der als Baby zu uns kam und Vô Benedictos Farbe und Gesicht hatte, blieb wie ein Sohn bei Voinha, unserer Großmutter. Bei mir war das anders, ich wohnte mal hier mal da, und Vó achtete nur darauf, dass ich jede Nacht ein Dach überm Kopf, einen Schlafplatz auf dem Fußboden und einen Teller Essen hatte. Der Grund war wahrscheinlich, dass weder meine Farbe noch mein Gesicht irgendwem ähnelten, und ich glaube auch, dass es eine Art Bestrafung meiner Mutter sein sollte, die Last, die sie eigentlich zu tragen hatte, nicht zu übernehmen, und dass die jüngeren Mädchen sehen sollten, was einer jungen Frau widerfuhr, die sich treiben ließ und keine feste Bleibe hatte. Mit sieben, als ich schon richtig arbeiten konnte, zog ich zu meiner Vó, weil sie alt wurde und

die Arbeit in ihrem Eckchen der Gemeinschaftsfelder nicht mehr so schaffte wie ich.
Morgens lief ich zusammen mit meinen Cousins zur Schule, manche gingen unterwegs verloren, es war fast eine Stunde Fußmarsch und zurück wieder eine; nur an wenigen Tagen kamen alle an. Manche blieben irgendwo hängen und fingen Fische, andere machten gar nichts. Es gab eine Lehrerin für alle, und die wechselte häufig; an Regentagen, wenn der Boden zu Schlamm wurde, kam sie nicht, und wenn sie an einen besseren Ort versetzt wurde, dauerte es lange, bis sich eine neue fand. Trotzdem ging ich gern hin und brachte meinen Cousins bei, was ich gelernt hatte, und übte mit ihnen das Einmaleins, damit keiner von uns sich blamierte.
Der Mann, der hergekommen und vor über einem Monat wieder gegangen ist, war Feldforscher. Er mochte mich, und ich mochte ihn. Am Anfang war das noch nicht so, und wie es am Ende war, weiß ich nicht genau. Er wird nicht wiederkommen. Er ist so einer, der alle gernhat, sehr gern, von ganzem Herzen. Wenn er bei meiner Vó war, konnte kommen, wer wollte, es war ihm alles recht. Ich kenne die Leute aus der Hauptstadt, ich habe zwei Jahre dort gewohnt, um mein Staatsexamen zu machen, ich weiß, wie sie uns Leute vom Land sehen. Natürlich gibt es auch gute Menschen, die gibt es überall, aber ich habe nur wenige kennengelernt.
Er war anders als die Leute in der Hauptstadt und anders als wir. Er wollte sein, was er sah, wollte alles sein, jedes Mal etwas anderes. Darum glaubte ich, dass er uns gernhatte.

2

Hier war mein Anfang, bei der Lehrerin lernte ich die Hochsprache, die Standardsprache Brasiliens. Später gingen nur meine Cousine Iraci und ich aufs Gymnasium. Wir mussten mit dem Bus fahren, in die Stadt, meine Onkel fanden, das lohnte sich nicht. Dona Irene, unsere letzte Lehrerin in der Dorfschule, überredete Vó, wenigstens mich weiter zur Schule gehen zu lassen. Vó willigte ein, ich hätte das Köpfchen dafür und es sei keine vergeudete Zeit, sagte sie, aber ich allein, das wäre nicht richtig. Mein Cousin Zezé wollte auch hin, wir hingen sehr aneinander, wie auch heute noch. Das Lernen fiel ihm leicht, er ging gern im Wald jagen, aber Ackerbau war nichts für ihn, und damals wollte er einen Weg gehen, der nichts mit dem Leben hier zu tun hatte. Er ist der einzige Junge unter sechs Schwestern, und sein Vater erlaubte es nicht. Mein Bruder Quincas, der gern las, immer leichtsinnig war, aber einen gesunden Menschenverstand hatte und Freude am Lernen, durfte auch nicht, weil er der Liebling von Voinha und Voinho war und dazu erzogen wurde, die Familienbräuche weiterzuführen, und weil die Gefahr bestand, dass die Tradition gegen die Stadt verlor. Iraci war lustig, gewitzt und hasste es zu lernen. Aber weil sie für nichts Ernsthaftes Geduld aufbrachte, wurde beschlossen, es würde nicht schaden, wenn sie mit mir ginge. Dona Irene verschaffte uns einen Platz in der Schule in Japoti. Rein zeitlich kam es auf das Gleiche heraus, eine Stunde Busfahrt hin, eine zurück, aber das Fahrgeld war ein Problem. Senhor Onório, ein Verwandter von Onkel Rui, Iracis Vater, hatte einen Laster, mit dem er jeden Morgen die Milch von den Höfen in die Stadt brachte und nachmittags zurückfuhr. Und so wurde es dann gemacht. Wir kamen schon bei Sonnenaufgang an und mussten zwei Stunden warten, bis das Schulgebäude aufgeschlossen wurde, nach der Schule aßen wir den Proviant, den Vó uns mitgegeben hatte, und vertrieben uns die Zeit, bis Senhor Onório zurückfuhr.

Ich sprach schon korrekt, konnte die Lehrerinnen gut leiden, wollte sein wie sie. Iraci wollte mit den Jungen von Japoti flirten, und so sprach sie schließlich weder wie die Familie noch Schulportugiesisch, sondern so wie die Jungen von Japoti. Der Feldforscher, der hierherkam, war Brasilianer mit einem russischen Vater und glaubte, daher käme sein Interesse an den verschiedenen Arten zu reden. Ich kenne meinen Vater nicht, ich weiß, dass ich in einem anderen Bundesstaat geboren wurde und erst mit drei Jahren hierherkam. Vielleicht ist er ein Ausländer, denn Vó sagt, ich hätte damals ein paar Worte gesprochen, die keiner verstand. Er war nicht dabei, als meine Mutter mich abgab, und sie redete nie von ihm. Ich weiß nicht, ob ich meinen Vater gekannt habe oder ob meine Mutter weiß, wer er ist. Erst als Sussuarana erzählte, dass er ein bisschen ausländisch sei und gern Sprachen untersuche, fiel mir auf, dass ich das schon mein ganzes Leben gemacht habe. Als ich nach Japoti kam, schwieg ich eine Woche lang, und als ich wieder zu reden anfing, klang ich schon wie die Leute von da. In der Hauptstadt war es genauso. Zu Hause spreche ich, wie man zu Hause spricht.

Für Iraci war es nicht so leicht, vielleicht weil sie wirklich hier geboren ist. Wie sie die Jungen nachahmte, war lustig, und es gefiel ihnen. Sie war schon hübsch, zwei Jahre älter als ich, hatte Brüste und Po. Sie durfte nicht sitzenbleiben und keine

Nachhilfe brauchen, sonst wäre es auch für mich mit der Schule aus gewesen. Es half nicht, mich mit ihr zu streiten, und auch nicht, mit ihr zu lernen. Wir fanden heraus, wie und wo man Spickzettel anbringen konnte, darin war sie gut, und wenn die Zeit nicht reichte, konnte ich ihre Schrift nachmachen und zwei Tests schreiben; wichtig war nur, dass ich in ihren ein paar Fehler einbaute.

Von Iraci lernte ich zu flirten, mit der Zunge zu küssen und in vielen Zungen zu sprechen. Ich lernte es, ohne zu merken, dass ich lernte, ich ahmte die anderen nach, nahm die Unterschiede wahr, und die Wörter passten sich an. Bei ihr kam alles ein bisschen anders heraus, ähnlich wie bei Sussuarana, dem russischen Mann. Wenn jeder alle Buchstaben genau gleich ausspricht, ohne etwas Eigenes von der Person, bleibt die Sprache die des Ortes, nicht der Person. Den Zungenkuss brachte sie mir auf der Schultoilette bei, hinter den Mauern und anderswo. Und ihr Kuss war angenehmer als der von den Jungen, sie ging schon mit Älteren aus, ich nur mit ein paar weniger Mutigen, weil ich keine Brüste hatte, dürr war und ein bisschen schüchtern. Iraci brachte mir bei, was sie lernte, und ich brachte es dann den Jungen bei.

Nur Zezé nicht, weil es mit ihm Ernst war und kein Spiel. Ich mochte ihn und er mich, darum war es anders, wir waren fest zusammen. Nicht mal in den zwei Jahren in der Hauptstadt habe ich für jemanden das Gleiche gefühlt. Ich spreche in der Vergangenheitsform, weil ich jetzt, nach Sussuarana, dem Mann, der weggegangen ist, nicht mehr weiß, was aus uns wird. Es war etwas ganz Eigenes, das uns gehörte, zwar von hier aus unserem Kreis, aber auch losgelöst von den anderen, selbst von Vó, denn wir sind die Fortführung, Zezé und ich, und Vó weiß das. Zezé hat meine Brüste nie so festgehalten und mir auch nicht zwischen die Beine gefasst wie Iraci früher mal, als wir klein waren, und wie andere Männer. Aber der Russe auch nicht, und er wird es auch nie tun, das weiß ich. Denn wenn mein Herz rast und ich rot werde und schwitze, geht das nicht so leicht. Es hat auch etwas für sich, dass es nicht so einfach geht, weil das alles nicht passiert ist, auch wenn ich es gern gewollt hätte, dachte ich, und ich weiß, dass irgendwann der richtige Zeitpunkt dafür kommt, ganz sicher kommen wird.

Ich kam aus der Hauptstadt zurück, weil ich schon immer die Lehrerin von Campo Redondo und Umgebung werden wollte. Ich wollte lernen, um das Gelernte an meine Freunde weiterzugeben. Ich hatte nie anders sein wollen, nie daran gedacht, fortzubleiben. Ich mag andere Menschen, denke nichts Schlechtes über sie, aber wenn ich in der Stadt bin, bin ich nicht ich selbst. Es gefällt mir da zwar, es hat mir gut gefallen, ein wenig auszugehen, zu lernen, zu flirten, und vielleicht gehe ich irgendwann in die Hauptstadt zurück, um noch etwas anderes zu studieren, doch ich bin von hier. Erst seit Sussuarana gesagt hat, ich wäre nicht so von hier wie meine Cousins, weiß ich nicht mehr, wer Recht hat und wer nicht.

3

Er ist groß, dürr, krumm und weiß. Fast gelb, wegen der Sonne auf seiner Haut, seinem Bart und den hellen Haaren. Seine Augen haben die Farbe von Honig, wie die einer Katze. Er wirkt schwach, nicht weil ihm Kraft fehlt, sondern weil er kein Fleisch auf den Knochen hat. Darum wohl nannten ihn die Kin-

der schon vor Ablauf des ersten Tages Sussuarana, was Puma heißt, und später alle anderen auch.
Die Frau vom Bildungsamt hatte mich angerufen und erzählt, ein Linguist untersuche die Sprachen der Region und würde gern eine alte Gemeinschaft wie unsere kennenlernen, ob ich ihm helfen könne. »Alte Gemeinschaft« sagte sie nur zu mir, unter sich nennen sie uns »Quilombolas«, das ist ihr Begriff für die Familienclans von Nachkommen früherer Sklaven. Er kam und bat, ein paar Tage bleiben zu dürfen. Das war von Anfang an sein Plan, er hatte einen Koffer und die Ausrüstung für Aufnahmen dabei. Sie hatten mir nichts davon gesagt, dass er länger als einen Tag bleiben wollte. Wer sich ankündigt, wird gut empfangen; ich hatte Vó Bescheid gegeben, holte ihn an der Bushaltestelle ab und hatte das Mittagessen fertig, für die ganze Familie, es war Sonntag. Die Vorstellung gefiel mir nicht. Ich dachte, Vó wäre es sicher nicht recht, und ich hatte den Mann mitgebracht, ohne zu wissen, dass er länger bleiben würde.
Als wir uns im Auto unterhielten, sah ich, dass er von mir enttäuscht war. Ich bin nicht dunkel und straff wie Iraci; sogar jetzt, ganz kurz nach ihrer Niederkunft, ist sie straffer und schöner als ich. Und ich sprach mit ihm Standard-Portugiesisch. Er fragte, wie viele wir seien, seit wann wir hier lebten. Ich hatte Lust, mir etwas auszudenken und auszuschmücken, die Geschichten von Voinho mit meinen neuen Wahrheiten zu vermischen, die Märchen von Quincas zu erzählen. Ich wollte, dass er mich mochte, und fiel immer mehr in mich zusammen. Es war nicht so leicht, wie es hätte sein sollen, er brachte alles in mir durcheinander und verstand nichts. Sehr dünn, gelb und behaart, mit langen Hängearmen, an denen seine Sachen hingen, war

er aus dem Bus gestiegen, dieses Bild hätte ich behalten sollen. Aber sein Lachen und die Art, wie er schaute, brachten mich durcheinander.
Santa Anna bin ich von klein auf zugetan, weil sie wie eine Großmutter ist, die andere großzieht, weil sie Maria das Lesen beigebracht und den vaterlosen Enkelsohn liebevoll angenommen hat. Sie ist unsere Schutzpatronin, an ihrem Tag haben wir, die Schwarzen von Campo Redondo, vor vielen Jahren die Freiheit errungen und sind, mit dem ersten Benedito als Anführer unseres Volkes, wieder zu freien Menschen unter dem weiten Himmel geworden. Das ist unsere Geschichte, nicht das, was danach geschah. Der Aufstand war für Sant' Anna geplant, aber unser Ahnherr Benedito wurde verraten, und viele seiner Gefährten waren schon lange vor dem siebenundzwanzigsten tot oder in Gefangenschaft. Benedito floh mit den übrig gebliebenen treuen Mitstreitern, und danach verliert sich seine Spur. Santa Anna konnte die Aufständischen nicht beschützen, ihr Tag war noch nicht gekommen. Alle hier im Haus sind Nachfahren des ersten Benedito und wissen, dass er ein Prinz war. An Sant' Anna besingen und betanzen wir die Freiheit und unser schwarzes Königtum, hervorgegangen aus afrikanischen Dörfern zweier Häuser – denen von Herrscher und Untertanen –, und jedes Jahr hilft uns der Segen von Santa Anna, uns stärker mit dieser Vergangenheit verbunden zu fühlen.
Ich habe lesen gelernt und bringe jetzt anderen das Lesen bei, lese bei anderen die Geschichte unserer Leute. Ich schreibe die Geschichte in die Erde, die ich von meinen Großeltern höre und die Quincas auswendig kennt, abwandelt und ausschmückt, so dass sie noch eindrucksvoller klingt und uns damit die Kraft

einer strahlenden Vergangenheit schenkt, satt wie das Leben im Laub unserer Wälder in der Regenzeit, in den Blättern, die Zezé schon alle kennt und die Quincas zerstampft und aufbereitet, um unsere Wunden zu heilen. Ich weiß all diese Dinge und habe Sussuarana nichts davon erzählt. Wenn ich mit ihm zusammen war, wusste ich nicht, wer ich war. Ich hatte zwei Münder zum Sprechen, und aus keinem kam etwas heraus.

Sussuarana wohnte in Tante Isabels leerstehendem Haus. Er sprach mit jedem, lief durch den Wald, trank mit den Männern, arbeitete mit den Frauen, raspelte Maniok, zerstampfte ihn, machte Mehl und Beiju, gewann Zuckerrohrsaft, spielte mit den Kindern Blindekuh und Kreisel, lernte unsere Lieder, sah bei den Tänzen zu, hielt sich bei uns in der Küche auf, im Hof, wo die Wäsche im Sonnenlicht tropfte und die Frauen webten. Bei den Alten hörte er oft lange zu, ohne etwas zu notieren, gewöhnte seine Ohren an den Klang, nahm die alte Melodie in sich auf, die in der Sprache der Jüngeren verlischt. Er dachte viel nach und lief allein umher, schwieg viel. Wie alle freundete er sich mit Quincas an, redete bis in die Morgenstunden mit ihm. Selbst an Zezé, der eher wenig redet und nichts mit Leuten von außerhalb zu tun haben will, kam er nahe heran. An manchen Tagen ging er mit ihm nachts in den dunklen Wald, bis die Sonne aufging, er konnte still sein und sanft, Zezé mochte seine Art. Er schützte sich nicht vor dem, was passierte, und sah nicht, welches Ende es nehmen würde. Zwischen den dreien, Quincas, Zezé und Sussuarana, entstand Vertrauen. Mein Eindruck war, keiner hörte auf zu sein, wie er vorher war, und zu tun, was er immer getan hatte.

Sussuarana mied die Nähe der Mädchen, nur wenn sie gemeinsam Wäsche wuschen, webten, kochten oder plauderten, hielt er sich bei ihnen auf. Selbst an Iraci, die seine Augen so verzauberte, wagte er sich nicht heran. Sie und die anderen Mädchen provozierten ihn ziemlich. Iraci mit dem Baby an der Brust, an ihrer großen schwarzen Brust, sei das Schönste, was er je gesehen habe, verriet er mir. Die tiefen Seufzer der Tanten ignorierte er auf eine Weise, die niemanden kränkte, und damit stachelte er die Mädchen nur noch mehr auf. Ihnen gefiel der Mann, der sich von allen anderen in ihrer Umgebung unterschied, der gekommen war, um zu lernen, nicht um zu lehren, dem Vó ihren Segen gegeben hatte. Weil er nichts von ihnen wollte, sondern immer nur von Zezé, fingen sie an, ihn aufzuziehen und zum Spaß Zezé Sussuarana zu nennen. Zezé Sussuarana hier, Zezé Sussuarana da. Wenn jemand nach Zezé fragte, sagten die Mädchen, Zezé Sussuarana ist im Wald, Zezé Sussuarana ist fischen gegangen.
Zezé war ein Morgen- und Tagmensch, nachts war er nie gern weggeblieben. Angeblich hatte er Angst, er könnte sich in ein Tier verwandeln, wegen der sechs Schwestern. Ihm gefiel dieses Gerede nicht. Und wenn er in der Nähe war, sagte niemand, dass er verschlossen und schweigsam sei. Er arbeitete immer hart. Er war der Schwärzeste und Hübscheste von uns. Stark, aufrecht und groß, sein Körper schimmerte bläulich, glatt und schier im Glanz seines Schweißes. Er war Vós Liebling und kümmerte sich mehr um sie als jedes andere ihrer Kinder. Da er gut mit Zahlen umgehen konnte, half er den Ältesten beim Abschluss von Geschäften mit Leuten von außerhalb. Nur wenn es ein Fest gab oder er wütend war, betrank er sich und ging

nachts allein in den Wald, torkelte und brach Äste ab, als wäre er nicht er selbst. Frühmorgens tauchte er wieder auf, und alle waren klug genug, keine Fragen zu stellen. Die Nachmittage verbrachten wir zusammen am Flussufer. Zezé redete mit mir über die Tiere, über seine Sorgen mit der Familie. Er wusste, wie es jedem Einzelnen ging, und kannte Quincas' Geschichten, die er gern hörte. Ich erzählte von den Büchern, die ich las, von der Schule – die mittlerweile in der Stadt war, und der Gemeindebus holte die Kinder ab –, davon, wie unsere Kleinen mit den Stadtkindern lernten und spielten. Wir dachten gleich und unterhielten uns darüber, was unbedingt bleiben sollte und was mit dem Tod der Alten verschwinden würde, weil die Veränderungen der Welt immer näherkamen. Am Flussufer waren wir gleich, mit den gleichen Wünschen und den gleichen Sorgen.

Auch mit mir kam Sussuarana allein zusammen. Vielleicht weil ich keinen Ehemann hatte und keinen Vater und weil mein Bruder so ist, wie er ist, vielleicht weil ich Lehrerin bin und studiert habe, vielleicht weil ich für ihn, wie ich traurig dachte, weder ganz von hier noch ganz Frau war. Mit mir kam er allein zusammen. Die Mädchen behaupteten, er hätte mich rumkriegen wollen, und ich hätte das auch gewollt, aber wir haben uns nur unterhalten, und mir hat das gefallen. In mir wuchs der Wunsch, der Tag möge kommen, wo die Dinge ihren Lauf nahmen. Dass es mir mit Zezé genauso ging, lag vielleicht daran, dass unsere Nachmittage seit Sussuaranas Ankunft nicht mehr so waren wie zuvor. Sussuarana stand zwischen uns, selbst wenn er nicht da war. Und ich hatte das Gefühl, wir wollten das auch so.

Anfangs mochte ich ihn nicht, weil ich wusste, dass er mich nicht mochte, und ich konnte seinen Akzent von nirgendwo nicht leiden. Auch nicht seine Art, die Ältesten, die Mädchen, die Jungen und uns alle anzusehen wie ein ausgehungertes Tier, oder seine Art, sich von Quincas' Geschichten einlullen zu lassen, den Geschichten, in denen mein Bruder das, was ich in Büchern gelesen habe, mit unseren alten Geschichten vermischt und mit dem, was er dazuerfindet. Wir mögen das alle, aber es ist ein Familienspiel.

Sussuarana lernte hinzu, er formte die Lippen anders, die Wörter kamen geschlossener heraus, ich spürte seine aufrichtige Liebe für die Melodie der Wörter der Alten, die kein anderer so besaß wie er, für jeden Klang und jeden Rhythmus unserer Wörter. Sussuarana sprach tiefer und mit mehr »u«, er lernte zu reden, ohne so richtig am Anfang eines Wortes anzufangen oder am Ende zu enden, so dass eins ins andere überging und die Musik unseres Ortes annahm. Er veränderte sich, und er veränderte mich und auch Quincas und Zezé. Er fand in unserer Sprache zu einem Ich, das es vorher nicht gegeben hatte. Und meine Liebe zu Zezé und Quincas und uns allen wurde noch größer, so wie ich es vor Sussuarana nicht gekannt hatte, und hinzu kam eine neue Art von Traurigkeit, weil etwas zu Ende gehen würde, schon zu Ende gegangen war, und ich nicht verstand, warum.

Am Abend unseres Festes, vielleicht wegen all dieser Dinge, war meine Brust groß und voll Milch, und ich wusste, dass ich schön war in dieser Nacht, die Blicke von Zezé und Sussuarana verrieten es mir. Aber es war nicht der richtige Tag, es war erst der Vorabend.

4

Sussuarana kam mit einer Sprache von nirgendwo hierher. Das befremdete mich, und ich wusste nicht, was in ihm vorging. Ich bat ihn, mir etwas in der Sprache seines Vaters zu sagen. Seine Stimme wurde zarter, er neigte den Kopf und sprach in einer Sprache voller »i-s« zu mir, einer Sprache kleiner Vögel und trauriger Kinder, und erst in dem Moment konnte ich erkennen, wer in diesem hungrigen Tierkörper steckte und woher der Glanz in seinen Augen kam.
In unserer Sprache der Erde und der »u-s«, die er mir gestohlen und vermischt mit der Traurigkeit eines ausländischen Kindes wiedergegeben hat, singe ich leise von meiner Liebe und schaue in den Himmel. Ich singe von Sussuaranas Rückkehr und der Rückkehr meiner Abende mit Zezé. Und ich weiß: nie mehr.

Aus dem Portugiesischen von Maria Hummitzsch

Tércia Montenegro
Auf offener Straße

Als Larissa den scharfen Wind im Gesicht spürte und das befremdliche Gefühl, fast nackt zu sein, Kopf und Oberkörper zum Schiebedach hinausgestreckt, erlebte sie einen Moment absoluter Klarheit. Sie sah den Motorradfahrer auf der linken Spur und den Chevrolet direkt hinter sich, darin ein Paar mit ausdruckslosen Gesichtern. Auch ein Kind saß mit im Wagen, doch das konnte Larissa nicht richtig sehen, sie war geblendet von den Lichtern der Fahrbahn, den fernen Scheinwerfern, den Masten inmitten von riesigen Tropfen aus Licht, vielen von der Geschwindigkeit verwischten Tropfen.

Offenbar hatte sie bei dem starken Wind eine Kontaktlinse verloren. Ihre Haare waren vom Wind verweht, regelrecht sturmgepeitscht, und sie musste unbedingt etwas tun, um nicht ständig den Motorradfahrer anzustarren. Er erinnerte sie so sehr an ... Aber nein, sie musste das vergessen, und auch den Mann unter sich ausblenden, der reich genug war, diese Spazierfahrt zu bezahlen. Den Mann da unten an ihren Knien, der sie an den Füßen festhielt, damit sie das Gleichgewicht auf der Sitzbank halten konnte. Jetzt rüttelte er sacht an ihren Füßen und wollte sie nach unten ziehen. Nein. Nicht, bevor noch eine Kleinigkeit erledigt war – Larissa zog sich die Bluse aus, sie wollte sie am Aufhänger herumwirbeln lassen, doch schon bei der ersten Bewegung flog ihr das Kleidungsstück aus der Hand.

Vitório Martins in seinem Chevrolet fielen beinahe die Augen aus dem Kopf, als aus dem Dach der Limousine eine Frau auftauchte, und gleich darauf zeigte sie auch schon ihre Brüste, genau wie er es wollte – oder vorausgeahnt hatte. Er hatte tatsächlich all ihre Gesten vorausgesehen und auch direkt gewusst, in welche Richtung die Bluse davonfliegen würde – eine rote Bluse, die wie ein Feuerstrahl die Jacke des Motorradfahrers auf der linken Spur streifte, bevor sie auf die Straße fiel. Sogar Simones Kommentar hatte Vitório vorausgesehen – sie riss den Mund auf und rief zutiefst empört aus: »Das ist doch die Höhe!« Und Rob unterdrückte ein Glucksen: »Guck mal, Papa, die Frau ist ja nackt.«

Kurz zuvor hatte er die alte Leier mit anhören müssen, über Kälte und Verbitterung. Vielleicht waren ja alle Eltern so. Und während die Mutter sprach, bebten ihre Brüste, die so viel größer waren als die der Frau in der Limousine. Je heftiger sie schimpfte, desto stärker wurden die Erschütterungen. Der Vater hingegen schwieg und rührte sich kaum, abgesehen von seinen kleinen Lenkbewegungen. Rob hätte gern vorn gesessen, um besser sehen zu können – doch er wurde von seiner Mutter zurechtgewiesen: »Und du sitz gefälligst still!«

Und Simone seufzte. Es war ein nervöses, zitterndes Seufzen. Das war doch nur eine Betrunkene, sie sollte die überhaupt nicht beachten. Pervers, sie musste ja wohl pervers sein, einfach so ihre Bluse auszuziehen und wegzuwerfen. Genau, sie hatte sie gar nicht verloren, das war nicht aus Versehen passiert. Sie hatte das Ding weggeschleudert wie einen kranken Vogel. Einfach aus Spaß daran, sich vor aller Welt zu entblößen, die Brüste im Wind – so winzig, dass man meinen konnte, sie sei noch ein Mädchen. Doch ihr Alter war nicht zu erkennen, unter den zerzausten Haaren. Bestimmt war sie noch ganz jung, aber Simone hatte auch mit fünfzehn schon schwere Brüste gehabt. Sie erinnerte sich, wie Vitório seine Hände in ihren Ausschnitt schob, als sie frisch verliebt waren: »Wem gehört denn dieses Kissen da? Na? Sag schon!«

Und sie hatte gelacht und ein Prickeln gespürt.

Doch schon damals hätte sie, wenn sie denn in einer Limousine mit offenem Schiebedach gestanden hätte, niemals gewagt, ihren BH auszuziehen. Das Fleisch wäre schlaff nach unten gesackt. Wie zwei rohe Dotter, die jeder sehen konnte. Was, wenn ein Kind diese Nacktheit mitten auf offener Straße gesehen hätte, ein Junge wie Rob? Rob, der nach seiner Geburt nicht an der Brust trinken konnte, weil es einfach nicht gelingen wollte, seinen Mund anzusetzen. Im Krankenhaus hatte die Schwester mit großer Mühe eine Position gefunden, doch zu Hause hatte Simone es nicht geschafft, sie wiederzufinden. Und Rob wirkte ganz zart und zerbrechlich neben diesen monströsen Brüsten.

Larissa wurde nicht von dem Mann heruntergezogen. Er überlegte es sich anders, als er sah, wie sie ihre Bluse auszog. Es gefiel ihm, dabei zuzusehen, wie sie sich zur Schau stellte, ja, genau das wollte er, dass alle sie sahen und sich vorstellten … denn alles Übrige war durch die getönten Scheiben verborgen. Allein schon die Länge des Fahrzeugs, über acht Meter, machte es

unmöglich zu wissen, wo sich das Paar befand und was es gerade machte. Noch nicht einmal der Fahrer konnte sie sehen – er war bloß eine Stimme in der Sprechanlage, die man anrief, wenn man schneller oder langsamer fahren wollte.
Aber Larissa könne sich doch denken, dass auch der erregt sei, oder? Na, wie war es, von einem Burschen durch die Gegend gefahren zu werden, der kurz vor dem Siedepunkt war, weil er sich eine splitternackte Frau vorstellte, nur wenige Meter hinter ihm? Larissa reagierte mit einem gezwungenen Lächeln. Sie wünschte sich fort aus diesem Wind, fort von dem Typ auf dem Motorrad, der sie an Alessandro erinnerte, wenn sich seine Kleider blähten. Er hatte gesagt, der Wind könne alles, sogar das Vergessen bringen. Dieser Mann hier dagegen redete irgendeinen Schwachsinn von noch jemandem dazu, zur Musik von Diana Krall. Ein Dreier mit dem Fahrer, wie wär's? Er könne den Champagner servieren, der in dem silbernen Kühler steckte, und einen Pornofilm auf dem Plasmabildschirm laufen lassen. Möglich, dass der Motorradfahrer Alessandro war, aber bestimmt nicht der Fahrer des Wagens hinter ihnen, und dabei konnte Larissa die Gesichter gar nicht erkennen. Sie nahm lediglich die Frau auf dem Beifahrersitz wahr und musste nicht einmal das Kind sehen, um zu wissen, dass die beiden verheiratet waren. Alessandro würde niemals heiraten. Er war das Gegenteil von Vitório Martins, der Geschäftsmann oder Unternehmer sein musste oder vielleicht der Filialleiter einer Bank oder stellvertretender Geschäftsführer irgendeines Unternehmens, ein Mann, der schweigend fuhr, bei gleichbleibender Geschwindigkeit, trotz der Kommentare seiner Ehefrau. Bestimmt befahl sie ihm zu überholen, er schaute auch in den Rückspiegel, doch

er machte keine Anstalten. Er wollte, obwohl er verheiratet war und in festen Händen, noch ein paar Sekunden diesen Anblick genießen. Larissas Körper, die kleinen Brüste, die ganz in den Mund passten. Ein Fruchtfleisch ohne Adern und Verästelungen, ohne traurige Spuren auf der Haut. Der Mann unten schlug Larissa ein paar Mal leicht an die Knie, damit sie sich umdrehte. Er hielt ihr eine Schale voller Blütenblätter hin, die sie im Wind verteilen sollte. Sie schaffte es gerade einmal, zwei oder drei Handvoll zu nehmen und sie in die Luft zu werfen. Ein feuchtes Blatt blieb auf der Windschutzscheibe des Chevrolet kleben, genau in dem Augenblick, als Larissa den Kopf in den Nacken warf und ihre Kehle mit dem Perlenhalsband zur Schau stellte, ebenfalls ein Geschenk des Mannes. Ein sehr enges Halsband, das beim Lachen noch mehr spannte. Larissa lachte, und jetzt senkte sie ihr Kinn wieder, ihre Lippen und Zähne glänzten. Das Blütenblatt, das so fest klebte wie eine Briefmarke, führte zu einem erneuten Ausbruch von Simone. Worauf wartete Vitório bloß, um hinter dieser verdammten Limousine wegzukommen? Er sollte endlich überholen oder ihretwegen auch auf den Seitenstreifen fahren und anhalten.

Es fehlte nicht viel, und sie würde die Handbremse ziehen. Simone schloss die Arme um ihre wippenden Brüste. Rob wollte etwas sagen, fiel jedoch auf dem Sitz nach hinten, als sein Vater plötzlich das Lenkrad nach links riss. Sie fuhren jetzt hinter dem Motorradfahrer, der vielleicht Alessandro war – die Jacke genauso aufgeplustert – und der über das Tempo und das riskante Manöver erschrak.

Larissa erschrak ebenfalls. Was, wenn der Wagen plötzlich das Heck rammte? Wie sollte sie aus der Limousine herauskommen, nackt wie sie war, die Beine feucht vom Speichel? Es wäre erniedrigend für sie, so ganz weiß und mager auf dem Asphalt zu liegen, wie eine Art Unfallopfer. Aber die Gelegenheit, den verheirateten Mann ganz aus der Nähe anzuschauen, wie er mit seiner fetten und wüst schimpfenden Ehefrau aus dem Chevrolet stieg, die würde sie sich nicht entgehen lassen. Ein Blick von oben bis unten, damit er sich genauso nackt fühlte wie sie und damit sie sich indirekt an Alessandro rächen könnte, für seine Geringschätzigkeit und dafür, dass er sie verlassen hatte. Sich von allen möglichen Unbekannten begehren zu lassen, das war ihre Rache – selbst von diesem reichen, angegrauten Alten, der sie in die Limousine eingeladen hatte.

Gleichwohl verspürte Larissa einen Moment lang eine Zärtlichkeit für alle Männer der Welt. Sie wollte dem Alten erzählen, woran sie gedacht hatte, von der Phantasie mit dem Unfall, ihnen beiden nackt am Straßenrand, doch sie kam nicht dazu. Der Mann zog sie an den Füßen, und Larissa fiel mit zerzausten Haaren und kalten Wangen auf die lederne Rückbank. Die Bewegung der Limousine war kaum spürbar, glatt wie eine Schere, die durch Seide schnitt. Durch das Dach wehte immer noch ein ziemlich starker Wind herein.

Als sie sich, einige Kilometer weiter, einen Sektkelch nahm, entdeckte Larissa, dass ein Blütenblatt im Auto überlebt hatte. Unbeschädigt klebte das fast runde Blütenblatt auf dem Glas, beinahe wie ein Heiligenschein. Was Larissa nicht ahnte: Genau in diesem Augenblick betraten Vitório und Simone ihre Wohnung, ohne ein Wort aneinander zu richten. Rob beachtete das peinliche Schweigen nicht, denn er wurde zur Begrüßung von seinem weißen Pudel abgeleckt. Der Motorradfahrer hingegen, der Alessandro ähnlich sah wegen der Art, wie seine Kleider sich aufplusterten, fuhr noch eine halbe Stunde lang neben der Limousine her. Er hoffte, dass die Frau noch einmal aus dem Dach auftauchen würde. Die rote Bluse und die blonden Haare hatten einen Verdacht in ihm geweckt – doch er musste Gewissheit haben.

Aus dem Portugiesischen von Claudia Stein

Cíntia Moscovich
Hunger und Esslust

Für Geni Moscovich

Paracelsus was a student of Correspondences:
»As above, so below.« The zodiac in the sky is imprinted
in the body. »The galaxa goes through the belly.«
Jeanette Winterson

Suppen, Steaks, Pürees, alles lehnte die kleine Ana ab. Die Mutter, eine begnadete Köchin, stand Stunden in der Küche: *Knaidlech, Gefilte Fisch, Wareniki*, die aufwendigsten Köstlichkeiten, wie allein eine überfürsorgliche jiddische Mame sie zu bereiten vermag. Doch beim Mittagessen sah sie nur das angewiderte Gesicht der Tochter. Ein Jammer, zumal Essen heilig war. Und teuer: Geld war in der Familie immer sehr knapp, weil der Vater so wenig verdiente.
Ana wuchs also schmächtig und blass heran, die flehentlichen Bitten der Mutter strafte sie kategorisch mit Missachtung. Aber

sie wuchs heran. Sie fand eine wenn auch nur bescheidene Arbeit und zog unter tränenreichem Protest von zu Hause aus, mit der Begründung, dann habe sie es näher zur Arbeit und müsse kein Geld für die Fahrt ausgeben. Obwohl der Vater vehement einwandte, es sei billiger, wenn Ana weiter bei der Familie wohne, mietete sie sich eine günstige kleine Zweizimmerwohnung. Sie verschuldete sich; mit einem gewissen Stolz auf ihre Selbstständigkeit und dem Wunsch, der Familie weitere Kosten zu ersparen, erstand sie die für ihre Wohnung notwendigen Dinge auf Abzahlung. Der Kühlschrank indes wurde kaum benutzt, ein Abbild kalter Trostlosigkeit; die Küchenschränke glichen dunklen leeren Höhlen.

Die Arbeitskollegen fanden schnell heraus, dass Ana zu den Menschen zählte, die man nicht ohne ein gewisses Maß an Säuerlichkeit und Neid als appetitlos bezeichnen muss. Ihr genügte dies: morgens ein Saft, mittags ein Salat; abends vergaß sie nicht selten, überhaupt etwas zu essen. Folglich war sie, und auch das wurde allen klar, in der Küche nicht zu gebrauchen. Essen machte ihr keinen Spaß, Kochen machte ihr keinen Spaß, Punkt, aus. Sie hatte ihren Ruf weg. Für Ana war alles gut, so wie es war, ihr machte es nichts, dass man sie verspottete, Essen und Kochtöpfe hatten sie wirklich nie gereizt. Nur eines bedauerte sie: dass sie nicht genug verdiente, um ihre Eltern zu unterstützen.

Doch eines Nachts träumte sie, dass sie schwarze Bohnen kochte. Sie hackte die Zwiebeln, zerdrückte den Knoblauch mit dem Messer, schnitt mit fettglänzenden Händen den Speck in Würfel, die dicke weiße Decke über der dünnen Fleischschicht, die sich ihr opulent wie alles Fettleibige darbot. Anschließend

legte sie die Würste bereit, dicke Schinkenwürste, dünne geräucherte Schweinswürste, überbrühte sie in kochendem Wasser und gab sie in den riesigen gusseisernen Topf. Darin köchelten die schwarzen Bohnen in der dunklen, sämigen, immer sämiger werdenden Flüssigkeit, und der Duft breitete sich in der Küche aus. Einer unsichtbaren Ordnung gehorchend, in der auch das Leben sich aus Abfolgen zusammensetzte, nahm sie Löffel und Suppenteller und stürzte sich heißhungrig auf das Essen.
Schweißgebadet wachte sie mit einem harten Blähbauch auf, Übelkeit rumorte in ihrem Magen. Der Mund brannte ihr von den Gewürzen, die Zunge fühlte sich vom Fett pelzig an. Rülpser und Winde begleiteten sie über den Vormittag, und sie kam sich träge und schwerfällig vor, als hätte sie in der Nacht an Pantagruels Tafel gespeist.
In der nächsten Nacht träumte sie von Nudeln. Zuerst die Sauce: Sie dünstete die Zutaten in einem hohen Topf, Lorbeerblätter, Salz, Pfeffer, Majoran, Petersilie, gehäutete Tomaten, deren Fleisch köstlichen Saft abgab, und alles zusammen nahm allmählich die übliche deftige Farbe an. In einem zweiten Topf galt es, die Nudeln zu kochen. Sie goss Öl hinein, die Mischung aus Wasser und Öl tanzte sprudelnd, alles zum Empfang der Makkaroniröhrchen, die Nudeln verbeugten sich artig bei der Berührung mit dem siedenden Wasser und drehten sich beim Kochen hin und her. Dann, Chronologie der Fakten, begann sie wie besessen zu essen.
Am Morgen die gleichen Beschwerden wie am Tag zuvor, Winde, Brennen, größtes Unwohlsein. Der Magen gab mit höchst merkwürdigem Grummeln Geräusche wie von aufgewühltem Wasser von sich, weshalb sie eiligst die Toilette aufsuchte.

Ihr dämmerte, wenn auch erst am zweiten Tag, dass da etwas – womöglich Abartiges – vor sich ging. Verlegen erzählte sie einem Arbeitskollegen davon. Der fand, das sei alles Unsinn, und beschied, kein Mensch könne so konkrete Träume mit so verheerenden Auswirkungen haben, sie habe zu viel Phantasie, sie spreche von der *Erinnerung* an ihre Träume und nicht von den Träumen selbst. Kurzum: Die Völlerei sei reine Einbildung, sie müsse wohl unter irgendetwas leiden, wahrscheinlich unter ihrer eigenen Appetitlosigkeit.

Doch die Träume hörten nicht auf, wurden immer konkreter und immer ungesünder. Schließlich rief sie ihre Mutter an und fragte, was sie machen solle. Die Mutter wunderte sich über die eigenartige Geschichte, vor allem über den Teil mit den Rezepten, die Ana Punkt für Punkt hersagte. Ganz besonders wunderte sie sich über die Zubereitung der Bohnen mit solch einer Fülle an Würsten und Speck – und seit wann aß Ana eigentlich Schweinefleisch? Ana versuchte zu erklären: Es war doch nur ein Traum, sie aß doch nicht in Wirklichkeit, sie hatte es nicht in der Hand, es ging ihr schlecht, wenn sie aufwachte. Und das Allerschlimmste, sie nahm zu.

»Du nimmst zu?«, rief die Mutter halb erschrocken, halb erfreut. Ana bejahte. Seit Beginn ihrer verrückten Träume vor fast einer Woche hatte sie wohl zwei Kilo zugenommen. Die Mutter atmete auf: Da sie zunahm, war es keine Krankheit, nichts, weshalb man sich Sorgen machen musste, vielmehr ein Segen, diese Gewichtszunahme. Wenn sie schon als Kind nicht gegessen hatte, sollte sie wenigstens jetzt essen, und sei es nur im Traum. Sie entschuldigte sich bei der Tochter, sie wolle gerade aus dem Haus, Dona Dora einen Tee bringen, der Nachbarin, die an einer Kriegsneurose litt, die Arme hatte die Grippe, aber niemanden, der ihr auch nur ein Glas Wasser reichte, Kinder konnten manchmal sehr undankbar sein, o ja, und apropos Undankbarkeit, sie solle doch am Sonntag zum Mittagessen kommen, seit zwei Wochen hatte sie sich nicht mehr blicken lassen, außerdem machte der Vater sich größte Sorgen, viel mehr noch als für gewöhnlich, sie standen beim Portugiesen von der Apotheke und im Laden von Seu Jacó tief in der Kreide, konnte Gott denn nicht wenigstens einmal in diesem Leben zu ihnen hinunterschauen. Die Tochter erschrak, sie mussten etwas unternehmen, der Portugiese und Seu Jacó konnten wirklich noch eine Weile warten, in Kürze bekam sie ihr Gehalt, wenn sie die Miete und die Ratenzahlungen abzog, blieb vielleicht noch ein bisschen übrig, eine Schande, anderen Leuten Geld zu schulden, und dann noch einem Landsmann. Die Mutter antwortete kurz und bündig:

»Gott wird es schon richten.« Und legte auf.

Ana wusste nicht, was sie tun sollte. Nicht genug mit ihren nächtlichen Qualen, die Eltern brauchten mehr denn je ihre Hilfe. Aber wie sollte sie helfen? Wie, wenn die Miete fast ihr ganzes Gehalt verschlang und sie noch zwei Raten für das Sofa im Wohnzimmer zu zahlen hatte? Fortan waren ihre Nächte doppelt unruhig, erfüllt von unzähligen Sorgen und Ängsten. Wenn sie wachlag, grübelte sie darüber, wie sie Geld beschaffen konnte; wenn sie schlief, liefen die schrecklichen Träume ab. Sie gewöhnte sich an, bis spätnachts zu lesen, versuchte, nicht nachzudenken, nicht einzuschlafen. Sie las und las und las. Doch irgendwann übermannte sie der Schlaf. Und sie träumte: Quiches, Pfannkuchen, Torten, Biskuitrollen, Soufflés. Entsetzlich, acht Stunden gastronomisches Inferno, und keinen roten Heller in der Tasche.

Eines Morgens, nach einer mit Pflaumen und Kapern gefüllten Meeräsche, dazu geröstetes Maniokmehl mit Nüssen und Kirschen, hatte sie eine Idee. Vielleicht sollte sie zum Rabbiner gehen?

Der Rabbiner war ein kleiner Mann mit spitzem Bauch und schlauen Augen. Er forderte Ana auf, sich zu setzen. Sie nahm etwas unbeholfen in einem Sessel Platz, der zu enge Rock kniff sie in der Taille. Mit biblischer Freundlichkeit fragte er, was sie zu ihm führte. Um eine nicht allzu dramatische Darstellung bemüht, antwortete Ana, sie habe merkwürdige Träume.

»Merkwürdige Träume wovon?« Die Neugier des Rabbiners war geweckt.

»Von Essen.«

Der weise Mann rutschte auf dem Sofa hin und her – von Essen zu träumen, daran war nichts auszusetzen. Überhaupt war nichts dabei, zu träumen, Träume zeigten dem Menschen, was er am Tag getan und erlebt hatte, so stand es im Talmud. Ana versuchte, sich deutlicher auszudrücken: Sie hatte nie gern gegessen, konnte nicht kochen, träumte aber, dass sie wie besessen aß und kochte wie eine Expertin. Und was noch schlimmer war:

»Zu meinem Bohnenrezept gehört Schweinefleisch.«

»Schweinefleisch?«, fragte der Rabbiner angeekelt.

»Verschiedene Würste und Speck.«

Das fand der Rabbiner wahrlich grässlich. Aber wenn die Schweinswürste nur im Rezept vorkamen und sie das Schweinefleisch in Wirklichkeit gar nicht aß, spielte es keine große Rolle.

Das Ganze war eigentlich nicht ernst zu nehmen. Träume waren Träume, das würde sich alles wieder legen. Sie sollte die Angelegenheit einfach nicht mehr beachten. Ana hatte nicht den Mut, ihm zu widersprechen; sie schwieg und versuchte, einen Rülpser zu unterdrücken.

Da kam dem geduldigen Rabbiner der Gedanke, ihr aus Mitgefühl eine Geschichte zu erzählen: über Josef, den Erleuchteten, der von seinen Brüdern an den Pharao verkauft wurde. Ana hörte interessiert zu und rutschte gespannt auf die Sesselkante vor. Der Rock kniff sie immer noch in der Taille. Und dann?, fragte sie, damit der Rabbiner in seiner Erzählung fortfuhr. Dann, sagte dieser, zeigte sich, dass Josef die Gedanken auszulegen wusste, die im Schlaf auftraten. Er deutete die Träume des Pharaos, die keiner der weisen Männer am Hofe erklären konnte. Ana konnte sich nicht die Frage verkneifen: Was für Träume? Der Rabbiner antwortete:

»Du erinnerst dich bestimmt, es war der Traum von den sieben fetten und den sieben mageren Kühen.«

Ana zog ihren Rock zurecht, der den Blick auf ihre inzwischen runden Schenkel freigab; sie erinnerte sich nur ganz vage, wie war das doch noch? Der Rabbiner fuhr fort:

»Die fetten Kühe, das waren die sieben Jahre, in denen das Land Ägypten mit Wohlstand gesegnet sein würde. Und die mageren Kühe waren ein Symbol für die Jahre der Not, die darauf folgen würden.«

Ja, jetzt fügte sich in ihrer Erinnerung das Bild wieder zusammen – der Wohlstand und die Not, eine göttliche Prophezeiung, die nur ein begnadeter Kopf begreifen konnte. Josef, der Erleuchtete.

Der Rabbiner fragte, ob das alles sei. Sie antwortete, sie habe auch Sorgen wegen der Eltern und deren Geldmangel. Der fromme Mann beruhigte sie, niemand habe es in diesen Zeiten leicht, der Herr werde es schon richten, sie solle auf die göttliche Vorsehung vertrauen, die linke Hand nimmt, die rechte gibt. Er bestand darauf, sie zur Tür zu begleiten.

Ana machte sich auf den Weg und dachte über alles nach, über die göttliche Vorsehung, über die fetten und die mageren Kühe. Was aber hatten ihre Träume zu bedeuten, in denen Kühe nur in Form von Steaks und Braten vorkamen?

Am Sonntag, als die Familie zusammensaß, fanden alle, sie sehe gut aus, kräftig, habe Farbe im Gesicht, ein eindeutiges Zeichen für Gesundheit. Der Vater, ein wenig bedrückt, beschwerte sich über den Apotheker, eine portugiesische Krämerseele, und über Seu Jacó, diesen herzlosen Menschen, der ständig Schulden eintrieb, ein kleiner Aufschub würde keinem von ihnen wehtun, aber alles geht einmal vorüber, es war Zeit zum Essen, nun wollten sie friedlich zu Mittag speisen. Nach den Schlemmereien der letzten Nacht rührte Ana allerdings keinen einzigen Leckerbissen ihrer Mutter an. Sie hatte von einer Porree-Quiche geträumt, aus Mürbteig und Frischkäse. Sie beschrieb das Rezept in allen Einzelheiten, und der Vater staunte, dass seine Tochter so viele Zutaten und Zubereitungsarten aufzählen konnte. Die ältere Schwester war entzückt. Und noch entzückter, als Ana von ihrem Besuch beim Rabbiner und der Geschichte mit den fetten und den mageren Jahren berichtete.

Als Erste kam die Mutter auf die Idee. Fette Jahre, das war das Zeichen. Fette Jahre. Und mit einem dramatischen Ausruf auf Jiddisch warf sie die Arme hoch.

Anfangs wollte Ana davon nichts wissen, doch als sie nach und nach begriff und sich klarmachte, was da geschah, beugte sie sich den mysteriösen Zeichen und nahm den Vorschlag der Familie an.
Die Schulden beim Portugiesen von der Apotheke und bei Seu Jacó sind beglichen, sie stehen bei niemandem in der Kreide, der Himmel sei gepriesen. Ana wird weiterhin zusehends dicker, aber anscheinend stört sie das nicht mehr. Auch macht es ihr nichts aus, noch halb verschlafen zur neuen Arbeit zu gehen – die fängt schon früh am Morgen an. Inzwischen haben sie zwei Hilfen, und das Restaurant mitten in Bom Fim floriert wie nur was, die Leute stehen für ihre Köstlichkeiten Schlange. Sie verarbeiten kein Schweinefleisch, kein unerlaubtes Tier, überhaupt keine Lebensmittel, die in der Heiligen Schrift verboten sind. Sie verdienen eine Menge Geld. Unmengen.
Aber sie sparen jeden Centavo. Diese Geschichte mit den fetten und den mageren Kühen. Man weiß ja nie.

Aus dem Portugiesischen von Karin von Schweder-Schreiner

Livia Garcia-Roza

Meine Süße

Was ist denn los, Heloísa? Du singst ja, sogar richtig … Du bist hier schon zum x-ten Mal vorbeigelaufen. Macht dir wohl Spaß, dass du mich beim Zeitunglesen störst? Ja? Was hast du überhaupt an? Warum dieser Aufzug? Du besuchst deine Mutter? Zieht man sich so an? Zieh dich um. Warum? Weil ich gesagt habe, dass du das tun wirst, Heloísa. Was hast du vor? Sag schon, Heloísa … Irgendwas hast du doch ausgeheckt in deinem hohlen Köpfchen, was mag es nur sein? Du hast dich in das Kleid verschossen? Soso. Nur in das Kleid, da bist du dir sicher. Jetzt konntest du es kaufen, ohne Ratenzahlung, so wie mir das gefällt … Knurri, Knurri … zum Teufel mit Knurri! Jetzt behandelst du mich schon wie den Hund! Der wird auch immer wilder, wie gesagt, irgendwann verschlingt der hier drin noch mal einen. Zieh dir was anderes an, Heloísa! Du wolltest zu deiner Mutter gehen und zu Mittag essen mit ihr und ihrem dreckigen Haufen. Das war mal, Heloísa, denn jetzt gehst du nicht mal mehr angezogen wie eine Nonne. Wie heißt das noch, was diese Geier anhaben? Habit! Das könntest du dir mal angewöhnen, dezente Sachen anziehen, aber da schlagen doch die Gene durch, was? Der ganze verdorbene Stammbaum. Und ich werde nicht aufhören, deinen Arm zu schütteln! Ich tu dir überhaupt nicht weh, verdammt noch mal! Außerdem gehört das alles sowieso mir, oder nicht? Babykrokodilstränchen bringen nichts; ganz ruhig, Heloísa. Antworte mir: Denkst du, ich bin ein Depp? Sieh dir mein Gesicht genau an und überleg mal, ob ich ein Schlappschwanz bin. Hab ich etwa Hörner auf? Das Aussehen von 'ner Schwuchtel? Das Profil von 'ner Memme? Dann krieg mal klar, dass du ein Mannsbild neben dir hast, wie es in Rio kein besseres gibt, vom Strand bis in die Vororte. Großraum Rio, Heloísa! Ich bin dein Erlöser, deine Christusstatue, meine Süße. Zieh dir was anderes an! Ich will keine Frau, die untätig im Wohnzimmer herumsteht. Überhaupt, Heloísa, seh ich es gern, wenn du fleißig bist. Das macht mich an. Hast du gehört? Da regt sich sofort der Mordskerl! Mal im Ernst, weißt du was meiner Meinung nach passiert ist? Dein Kopf ist völlig unnütz geworden – falls er je zu was zu gebrauchen war. Aber jetzt streng dich an, Heloísa, überleg mal: Angenommen, ich wäre einverstanden, dass du zur Oberhure gehst, wie kämst du denn da hin? Fliegend? Schon mal an die Pförtner gedacht, an die Bauarbeiter, die Straßenverkäufer, deine Arbeitskollegen, die sich zusammenrotten, um dich vorbeigehen zu sehen? Na? Ein Pralinchen für das Gesindel, Heloísa! Babylonischer Gaumenkitzler! Runter jetzt mit dem verdammten Fetzen!! Was hast du gesagt? So angezogen fühlst du dich als Frau? Na eben, Heloísa, genau das: Dein Kopf ist eine Wüste, wo Armreifen herumwirbeln, Halskettchen, Kleider ... Ich hau dir nicht auf den Kopf, ich hab dir nur ein paar Klapse gegeben. Und hör auf zu jammern, ich versuche nur, dir zu helfen. Ich mach dich auch nicht zur Schnecke! Ich mach dir nur bestimmte Dinge klar, die du nicht kapierst. Ich tu dir einen Gefallen. Und erfülle gewissenhaft meine Pflicht. Wie kaum einer. Die meisten da draußen sagen einfach Nein und erklären nichts. Und wenn wir schon beim Erklären sind, sag mal: Was denkst du eigentlich, wer du bist? Ich bin ganz Ohr, Heloísa. Denkst du, du bist ein Farn? Eine Endivie? Ein Naturschwamm? Von einem Schwamm hast du wirklich manchmal was, stimmt's? Du trinkst ganz gut, mein Blümchen. Worauf wartest du eigentlich, bis du dich umziehst?? Ja, ich schreie, vielleicht schmilzt dann ja das Wachs in deinen Ohren! Hör gut zu, Heloísa, solange du mit dem Champion verheiratet bist – und du weißt genau, was ich meine, nicht? Oder brauchst du eine Auffrischung? –, so lange gehst du mir nicht als Appetithäppchen auf die Straße, hörst du? Niemals! Du wirst unser Heim nicht in den Dreck ziehen, verdammt! Und sieh zu, dass du diesen Hurenfetzen deiner Schwester gibst! Diesem Flittchen! Doch, genau so rede ich über deine Schwester. Genau das ist sie! Richtig karrieregeil ist sie, das muss unterstützt werden. Und ich mach niemanden runter, ich erkenne nur ein Talent an. Eine seltene Begabung. Runter jetzt mit dem Scheißkleid, Heloísa!! Mir reißt langsam die Geduld ... Was mache ich bloß mit dir? ... Heilige Maria? Wie nervig! Nein, ich nehme die Hand nicht weg! Wie gesagt, das alles ist meins, ich werd es nicht loslassen, und Schreien bringt nichts, weil deine Mutter sich nicht um ihre Brut schert, bei vieren kann man schon von Brut sprechen, oder nicht? ... Unter uns gesagt, Heloísa, du hast irgendeinen Komplex wegen deiner Familie, nicht wahr? Aus meiner Familie kommt nämlich keine einzige Schwuchtel. Nein, nein, ich sage nicht, dass alle Männer Schwuchteln sind … Heloísa!! Ich habe gerade von einer Familie richtiger Männer gesprochen! Du verstehst alles falsch … Bist du immer noch taub, Heloísa? Ist das Wachs noch immer nicht geschmolzen? Aus meiner Familie kommt kein Weichei. Männer, alle, ohne Ausnahme. Ein starkes Männergeschlecht. Es macht Spaß mitzubekommen, wie die Jungs eine tiefe Stimme bekommen, wie ihre Muskeln wachsen, wie ihnen die Adern schwellen; das volle Programm. Denn heutzutage greift es so um sich … die Schwuletten sind ja zu einer regelrechten Epidemie geworden, findest du nicht? Man muss sich nur mal umschauen. Da draußen, stimmt's, Heloísa?! Aber beim Champ sieht die Sache anders aus. Komm sag ihm mal Hallo. Lass dich von ihm segnen. Er hat Sehnsucht. Du weißt ja, er ist romantisch. Komm her, Heloísa … lass mich mal an dir riechen, so ist's gut, komm weiter ran, ganz ruhig, langsam, nicht so hastig, perfekt; bleib im Rhythmus, so ist gut, genieß es, das ist was Feines, meine Süße … Wir verstehen uns, was? Totales Zusammenspiel! Schneller, Heloísa! Geiles Stück, aaaiii! Jetzt zieh das Kleid an, raus mit uns, wir gehen feiern!

Aus dem Portugiesischen von Barbara Bichler

Ana Paula Maia

Bazille

Fünf Minuten schon starrte Rosália auf den Sterilisator. Normalerweise ließ sie die Nagelschere zehn Minuten bei hoher Temperatur darin, um sie zu sterilisieren. Sie arbeitete seit fünfzehn Jahren als Maniküre. Mit dem Entfernen von Nagelhäutchen und Lackieren von Nägeln hatte sie die Abendschule bezahlt, ohne dann jedoch die Hauptschule abzuschließen, sowie die Abtreibung von Tonhos Kind und das Baumaterial für ihr Häuschen mit vier Zimmern. Die Wände hatte sie hellgelb gestrichen und die neuen Möbel in zweiundsiebzig Raten abgestottert. Während der fünf Minuten vor dem Sterilisator überlegte sie, wie viele Nagelscheren sie in ihren fünfzehn Berufsjahren schon besessen hatte. Sie konnte nicht besonders gut rechnen.

Der Sterilisator piepte, und am Empfang rief man nach ihr. Die Vier-Uhr-Kundin war eingetroffen. Die Vier-Uhr-Kundin war eine dicke, stark behaarte Frau. Zur Behandlung der Fußnägel musste sie sich auf dem Stuhl nach hinten lehnen, um Rosália die Füße auf den Schoß legen zu können. Auf Rosálias Schoß hatten schon viele Füße gelegen. Aber noch nie ein Kind. Seit der einen Abtreibung ging nichts mehr. Sie war so steril wie ihre Scheren. Und dieses ewige Sterilisieren hatte sie fertiggemacht.

Sie sah die Kundin und seufzte erschöpft. Auf einer Ablage stand frischer Kaffee in der Thermoskanne. Sie nahm einen Plastikbecher und schenkte sich Kaffee ein. Er dampfte. Sie trank gemächlich, an die Ablage gelehnt, und dachte eine Weile nach. Worüber Rosália nachdachte, werden wir nie erfahren, denn Gedanken sind lautlos. Nicht einmal ein allwissender Erzähler kann alle Geheimnisse seiner Figuren kennen. Sie kriechen inmitten lautloser Gedanken aus ihren Abgründen hervor und überraschen bisweilen selbst ihren Erzähler.
Rosália holte aus ihrer Tasche eine alte, stumpfe und kranke Nagelschere.

Die Frau stellte ihre Füße zum Einweichen in die Wanne, und Rosália begann, die Nagelhaut an ihren Fingern zu entfernen. Sie wollte ein bisschen Blut sehen. Rosália wusste, es würde der Frau nicht gefallen, aber sie schnitt ihr trotzdem ins Fleisch. Und rasch floss das Blut.
»Ist ziemlich eingewachsen, oder?«
Die Frau vertraute Rosália. Sie wusste, ihre Scheren waren stets steril. Nach dem ersten Bluten hörte Rosália nicht mehr auf. Mit Bedacht schnippelte sie an den Fingern und Zehen der Frau herum.

»Dona Esmeralda musste Entzündungshemmer nehmen, Rosália. Was hat dich nur geritten? Beinahe wäre sie ins Krankenhaus gekommen.«
Rosália senkte den Kopf und sagte nichts.
»Hast du eine Erklärung dafür?«, hakte die Salonchefin nach.
Rosália zuckte die Achseln und stahl sich Kaugummi kauend davon.

Sie wurde entlassen und gleich darauf in einem anderen Salon angestellt. Und so oft sich die Gelegenheit bot, schnitt sie die Nagelhäutchen so weit ein wie nur möglich. Sie stellte sich dabei so geschickt an, dass ihre kleinen Bosheiten nicht einmal wahrgenommen wurden. Um das Blut zu stillen, verwendete sie einen Alaunstift, und ihre Genugtuung wuchs.

Sie erfuhr, dass eine ihrer Kundinnen sich mit HCV angesteckt hatte.
»Hepatitis C, Rosália. Die wird von diesem Virus ausgelöst.«
Zweimal die Woche machte Rosália dieser Kundin die Nägel. Jedes Mal ließ sie sie ein wenig bluten und benutzte dann die Schere bei anderen. Sie wusste kaum etwas über die Krankheit, nur, dass sie chronisch war. Und das Wort »chronisch« klang sehr ernst und bedeutsam. Einige Zeit später starb die Kundin an Leberkrebs. Erschöpfung, Übelkeit und Schmerzen am ganzen Leib begannen den Alltag von Rosálias Kundinnen zu bestimmen. Sie wurden kränker und kränker, doch Rosália behauptete, das komme vom Stress.
»Es ist der Stress, Dona Conceição. Heutzutage sind alle Leute so furchtbar im Stress.«

»Die Leute sagen, eine Hepatitis-C-Epidemie geht um. Kann mir also die Nägel nur noch von jemandem machen lassen, dem ich vertraue … wie Ihnen, Rosália.«
Sie antwortete nicht. Dafür zwickte sie flüchtig in die Nagelhaut der alten Dame, so dass die ihre Hand zurückzog. Rosália entschuldigte sich.

Einige Tage später kündigte sie und fand zwanzig Kilometer entfernt bei zwei anderen Salons eine Anstellung. Sobald man ihr vertraute, fing sie an, ihre Kundinnen zu zwicken. Erschöpfung, Übelkeit und Schmerzen am ganzen Körper. Wieder wurde es Zeit für eine neue Stelle.

Viele Monate später, nachdem sie in etlichen Salons gearbeitet und etliche Kundinnen infiziert hatte, erhielt sie, kurz vor Weihnachten, einen üppigen Strauß dorniger Rosen. Und als sie die Rosen in eine Vase stellte, stach sie sich mehrmals in die Hände. Rosália hatte noch nie in ihrem Leben einen Rosenstrauß bekommen. Die Rosen verwelkten, ihre Hände entzündeten sich, denn die Dornen waren ins Fleisch gedrungen und vergifteten sie. Die Hände starben ab und mussten amputiert werden. Als der Frühling kam, wuchsen ihr Dornen aus den Stümpfen. Sie erfuhr nie, wer ihr die Rosen geschickt hatte. Und konnte nie wieder etwas anfassen, ohne es zu verletzen oder zum Bluten zu bringen.

Aus dem Portugiesischen von Wanda Jakob

Cecilia Giannetti

Ana und Letícia

Das Beste am Donnerstag war, dass es schon fast Freitag war und Freitag der letzte Schultag der Woche. Außerdem ging Ana donnerstags nach der Schule mit zu Letícia. Die An-wäl-tin ließ ihre Tochter nicht mit dem Hausmädchen allein. Bei Letícia dagegen war außer dem Hausmädchen immer auch Tante Joana. Es gab Käsebällchen, die nur noch frittiert werden mussten, lecker klebrigen Reis, Steak mit Zwiebeln und Kartoffelstroh, und keiner musste Möhren essen, weil es dem Hausmädchen egal war und Tante Joana die beiden nicht beachtete.

Wenn Ana kam, hatte sie immer Hunger und vor allem Lust auf Käsebällchen. Sie aß viel zu schnell, was Letícia ärgerte, die sie beim Mittagessen ständig ermahnte: Mach den Mund zu, ich will dein zerkautes Essen nicht sehen, schling nicht so. Wenn der Dummkopf Chaves im Fernsehen etwas Lustiges machte, verschluckte sich Ana. Einmal kam der Reis durch die Nase wieder raus. Mit Coca-Cola. Letícia ekelte sich vor ihrer Klassenkameradin, sie wusste, dass sie keine Tischmanieren hatte, weil sich bei ihr zu Hause keiner Zeit dafür nahm. Letícia gab sich wirklich alle Mühe.

Ana wohnte in der Straße, die zur Schule hinaufführte. Die An-wäl-tin arbeitete den ganzen Tag, und die Großmutter musste donnerstags zum Arzt. Phy-si-o-the-ra-pie. Den Rest der Woche war sie nachmittags immer zu Hause. Ana sagte, ihr Vater arbeite in den USA; sonst würde er donnerstags hin und wieder bei ihr bleiben. Dann müsste sie nicht mit zu Letícia gehen. Manchmal war das nämlich blöd, ihr wäre es lieber gewesen, nach der Schule nicht bei anderen bleiben zu müssen. Und manchmal war es offensichtlich, dass Letícia lieber alleine fernsehen wollte; keine Geschwister zu haben, hieß der Chef im Haus zu sein, im Schutz der gleichgültigen Tante Joana und des Essen brutzelnden Hausmädchens. Letícia gefiel es, wie eine kleine Königin vom Sofa aus zu regieren und genüsslich Rosinen zu essen; jede einzelne schön schwarz und klein, fast ganz aufgelöst vom vielen Hin- und Hergeschiebe im Mund, vom Gaumen zum unteren Zahnfleisch, von der linken (links ist da, wo der An- und Ausschaltknopf des Fernsehers ist) in die rechte Backe (rechts ist die Richtung, in die die Fernsehantennen gedreht sind). Erst wenn in ihrem Mund kein Fitzelchen mehr übrig war, nahm sie sich eine neue Rosine aus der roten Schachtel mit dem Bild vom Mädchen im hässlichen langen Kleid, das einen Korb mit Weintrauben trug. Mit Ana hier war das schwieriger, weil sie die Hand schon wieder in die Schachtel steckte, obwohl sie den Mund noch voll hatte. Sie stopfte sich beide Backen voll mit Rosinen, die vom An- und Ausschaltknopf und die von den Antennen, und ab und zu seufzte sie tief. Alles wirkte immer überstürzt, sie wartete auch nicht, bis sie die Limo ausgetrunken hatte, bevor sie sich nachgoss. Sie rülpste, und der Geruch nach Zwiebeln vom Mittag, nach Limo und Rosinen hing in der Luft. Bei sich zu Hause kaute Ana Jujuba, aber Letícias Mutter kaufte keinen Kaugummi mit Farbstoffen. Nur Rosinen.

Ana trug schon einen BH, aber das war vielleicht alles bloß Fett. Letícia strich mit der Hand drüber, um es herauszufinden. In der Küche sah die Tante dem Hausmädchen beim Braten zu und beschwerte sich über den üblen Geruch.

An einem dieser Donnerstage, an dem Ana bei Letícia war, weil ihr Vater in den USA und ihre Mutter als An-wäl-tin arbeitete, sahen die beiden, wie Tante Joana sich ein Steak zwischen die Beine schob und rieb und rieb. Tante Joana sagte, das sei ein Glückszauber für das ganze Haus und sie dürften es nicht verraten, weil es dann nicht wirken und zu einem Fluch für sie und für ihre Mutter und ihren Vater werden würde. Beim Abendessen saßen dann zwei sehr brave Mädchen und schauten Letícias Vater zu, wie er sein Steak aß, nachdem er von der Arbeit gekommen war und sich nicht mal die Hände gewaschen hatte. Letícias Mama aß kein Fleisch. Sie war Ve-ge-ta-ri-e-rin.

Später rief Ana bei Letícia an:

Hast du's erzählt?
Ich nicht. Erzählst du's?
Nein.

Letícias Tante war Ma-cum-bê-ra, behauptete aber, eine von den guten zu sein.

Am folgenden Donnerstag war Ana wieder da. Nach dem Mittagessen rauchte Tante Joana in der Waschküche, das Hausmädchen machte das Bad sauber, das einem Saustall glich, und die beiden Mädchen legten sich aufs Sofa und aßen Rosinen, um den Nachgeschmack vom Essen loszuwerden. Letícia streckte den Fuß aus und drückte ihn gegen Anas Brust.

Lass das.
Dann lass du beim Kauen den Mund zu.
Lass ich doch.
Dumme Kuh.
Lass das, Letícia. Sonst erzähl ich's deiner Mutter.
Wenn du das machst, dann erzähl ich, dass du meine Brust angefasst hast.
Du hast *meine* Brust angefasst, ich hab gar nichts gemacht!
Hast du wohl, du hast dich dran gerieben.
Wenn du das erzählst, dann erzähle ich vom Steak an der Möse.
Drauf geschissen.
Gar nicht, sonst ist dein Haus ein Kackhaufen. Tante Joana hat gesagt, dass es den Zauber verändert, wenn jemand davon erfährt.
Na gut, dann verrate ich nicht, dass du eine Lesbe bist.
Süße, du meinst wohl dich selber.
Nein, aber du bist eine, meinst du, ich weiß das nicht? Wenn ein Mädchen ein anderes Mädchen Süße nennt, heißt das, sie will ein Mann sein.
Das hat gar nichts zu sagen. Ich will kein Mann sein. Aber du, du willst einer sein, du hast ja nicht mal Brüste.
Du auch nicht. Du hast da nur zu viel Fett.

Ana griff wütend in die rote Schachtel und nahm eine Handvoll Rosinen. Schnaubend stopfte sie sich alle auf einmal in den Mund, so dass sie kaum noch Luft bekam. Letícia lachte und sagte: Das ist bloß Fett. Sie saß vor Ana und schob mit ihren Füßen erst die eine Brust hoch, dann die andere, als würde sie in die Pedalen treten. Ana weinte mit offenem Mund und schnaubte die Rosinen fast durch die Nase wieder aus; sie kaute aggressiv, eklig, versuchte, ihre Brüste zu schützen, indem sie die Schultern vorschob, aber sie standen trotzdem noch zu weit vor. Es half alles nichts, Ana knöpfte die Bluse bis zur Mitte auf und holte ihre Brüste aus dem BH. Klar waren das Brüste.

Lesbe.

Am Abend rief Letícia bei Ana an.

Du glaubst nicht, was ich gesehen habe.
Was denn?
Tante Joanas Rosinen.
Hat sie sie dir gezeigt?
Ich hab sie mir einfach angeguckt.
Hat sie sie rausgeholt?
Ich habe gesehen, wie mein Papa sie angefasst hat.
Warum?
… gesagt, sie ist kös …
Was? Ich hab dich nicht verstanden …
Er hat gesagt …
Häh …?
Dass …

Häh …?
Dass die Tante … köstlich ist. Verstehst du?
Erzählst du's weiter?
Nein. Und du?
Nein.

Bis Letícias Mutter nach Hause kam, machte Joana, wonach ihr der Sinn stand. Sie lackierte sich im Esszimmer die Nägel, legte sich im Bad die Haare mit La-no-li-na zum Glätten um den Kopf, naschte Obst in der Küche, lief durchs Wohnzimmer und ignorierte die beiden. Dann ging sie ins Gästezimmer, sah fern und hörte Musik. Sie telefonierte viel mit ihren Freundinnen oder war im Internet. Sie studierte Sprachen und wollte U-ni-ver-si-täts-pro-fes-so-rin werden. »Von Kindern hab ich mit diesen beiden hier genug.«

An einem anderen dieser Donnerstage, an denen die An-wäl-tin lange arbeitete und das Hausmädchen mit dem Bauch an den Herd gedrückt Essen brutzelte, hatten die beiden schon alle Rosinen hinuntergeschlungen und wollten fernsehen. Da fing Letícia wieder damit an, auf dem Sofa mit Anas Brüsten Fahrrad zu fahren. Als Ana aufsprang, um zu entwischen, machte sich Letícia auf dem ganzen Sofa breit und sagte, sie würde alleine fernsehen. Ana ging in die Waschküche und redete mit den Ameisen. Es waren nicht die gleichen Ameisen wie die, die sie bei sich zu Hause züchtete, indem sie in den Ecken Zuckerlinien zog, aber sie war sich sicher, dass sich alle Ameisen zumindest übers Telefon kannten oder durch irgendetwas, womit man sich über größere Entfernung unterhalten konnte. Ana ist das kleine

Mädchen, das uns Zucker gibt. Heute hat sie uns hier Zucker hingestreut. Jajaja, okay, dann eben da … Bestimmt führten sie ständig solche Gespräche, wenn sie in der einen oder der anderen Ecke Zucker ausstreute, und wussten daher, dass es dieselbe Ana war und dass sie Ameisen gernhatte, und bissen sie deswegen nie. Und diese kleinen Tierchen, stellte sie sich vor, konnten beißen, wenn sie wollten. Sie mussten es nur wollen.

Nachdem sie sich im Flüsterton mit den Ameisen unterhalten hatte, legte sich Ana auf den Boden. Sie waren so geschäftig, hatten so viel zu tun. Sie trugen nicht nur Zuckerkörner, sondern auch Brotkrümel, rannten ineinander, flüsterten sich Un-ver-ständ-li-ches zu, gerieten bei der kleinsten Bewegung von Anas Finger in Panik, obwohl sie es nie mit Absicht machte. Waren die Ameisen alle Mädchen? Gab es gar keine Ameisenjungs? Wenn sie sich in der Schule bei etwas unsicher fühlte, war es besser, nicht zu fragen. Und wie wäre es, wenn sie einen kleinen Lastwagen hätte, aus Plastik, um den Ameisen zu helfen, ihre Nahrung zu trans-por-tie-ren? Heute Abend würde sie sich von der An-wäl-tin einen kleinen Lastwagen wünschen, sie könnte ihn beim Straßenhändler kaufen, das würde sie keine Minute kosten.
Ana erzählte den Ameisen, dass sie Zucker und Krümel dann schneller tragen könnten, und versprach zu sehen, ob sie das bald hinbekäme. Sie stellte sich vor, ihre Stimme, ein Wispern, so leise, dass man es gerade noch hörte, sei ein Donnern, das das Haus der Ameisen zum Einstürzen brachte und sie in Angst und Schrecken versetzte (wenn ihre kleinen Beinchen schon so zart waren, wie zart musste dann erst ihr Gehör sein?), aber

dass sie auch verstehen würden, dass sie nur so reden konnte, und ihr eigentlich dankbar waren, weil sie sich so um sie kümmerte. Mit größter Vorsicht stand sie vom Boden auf, damit sie auch ja keine zerquetschte, und trat zwei Schritte zurück, um die weißen Fliesen zu untersuchen.

Sie ging wieder ins Wohnzimmer, vielleicht hatte Letícia ja Lust, mit ihr Sachen auf die Terrasse des Nachbarn zu werfen. Sie warfen dann immer Kugelschreiberhüllen, alte Puppen, unnütze Geschenke, Müll jeder Art. Nach jedem Wurf versteckten sie sich hinterm Vorhang und lachten. Der Nachbar war sehr alt und begriff nie, woher die Sachen kamen, die sein Buch trafen, seinen Kopf oder seine Füße. Er sah sich um und las weiter, zurückgelehnt in einem Liegestuhl. Wenn sämtliche Wurfgeschosse aufgebraucht waren, hatten sie noch einen anderen Streich: nämlich ganz viel Zeitungspapier in kleine Schnipsel zu reißen, in einen Müllsack zu stopfen und ihn auszukippen, wenn er richtig voll war. Runter in den Garagenhof, den Senhor Arnaldo kehren musste und wo er mit dem Wind kämpfte. Wenn er irgendwann erfuhr, woher die Schnipsel kamen, würde er die beiden als Sa-tans-bra-ten beschimpfen, so wie er es mit allen Kindern im Haus machte.

Ana fand Letícia auf dem Sofa: sie schlief. Der Fernseher lief noch, aber er war fast lautlos gestellt. Ana würde alleine Sachen aus dem Fenster werfen müssen. Sie sammelte ein paar Münzen vom Bücherregal, zerlegte einen Kuli in Kappe, Mine und Gehäuse, nahm eine leere Streichholzschachtel. Aber der Nachbar saß weder lesend noch schlummernd auf der Terrasse.

Es wäre besser, noch mehr Munition zu sammeln und sie für das nächste Mal aufzuheben. Eine Zeitung zerreißen und die Schnipsel vom Wind über die Terrasse wehen lassen konnte sie auch alleine, es war sogar besser, wenn der Hausmeister nicht da war, wenn alles aus dem Fenster flog. Warum nicht gleich die Tageszeitung? Letícias Vater las sie sowieso nicht mehr. Wenn er von der Arbeit kam, wollte er nur noch essen und vorm Fernseher einschlafen.

Sie suchte im Wohnzimmer und in der Waschküche nach der Zeitung, ohne sie zu finden. Sie war in Tante Joanas Bett, unter Tante Joana, die mit dem Rücken zur halb geöffneten Tür lag, und zwischen Tante Joanas Beinen steckte der Kopf von Letícias Vater. Er sah aus wie ein Hund, der Wasser schlabberte. Sie konnte das Geräusch der Zunge von Letícias Vater hören, der dort leckte, wo Tante Joana immer die Steaks hin und her rieb, bevor sie sie briet. Der Kopf von Letícias Vater ging beim Lecken auf und ab und schüttelte sich hin und her wie ein kleiner Welpe, der mit seinem Gummispielzeug spielt. Das Geräusch war aber kein Quietschen, sondern ein lautes Schmatzen. Auf, ab, hin, her, und Tante Joanas Schenkel verdeckten die Ohren von Letícias Vater, die in diesem Augenblick die Ohren eines Cockerspaniels sein mussten oder eines Beagles, eines Labradors. Hundeohren, darum versteckte sie sie mit den Schenkeln. Sie drückte den Kopf von Letícias Vater zwischen ihre Beine, zerknautschte das Laken mit den Zehen und zerknitterte die Zeitung unter ihrem Hintern. Außer dem Schlabbern hörte man unterdrücktes Grunzen. Tante Joana schien durch den Mund zu atmen. Ana fühlte, wie sich in jeder ihrer Brüste ein Knoten festzog, die Brustwarzen waren hart geworden und zeichneten sich unter der Schulbluse ab. Sie waren fest, zwei Pfirsiche mit kleinen Stängeln, fest wie die Brüste von Tante Joana, die Letícias Vater umfasste und drückte, als wären auch seine Hände Welpen, die an den Brustwarzen saugten.

Ana rannte ins Wohnzimmer und knöpfte die Bluse auf, um Letícia zu zeigen, dass das, was sie hatte, kein Fett war. Letícia schlief. Ana kniete sich vors Sofa und gab ihr einen leichten Klaps, damit sie munter wurde:

Hier guck, genau wie die von Tante Joana.

Letícia, die noch seitlich auf dem Sofa lag, streckte die Hand aus und überprüfte, ob da auch nichts angeklebt war, es wirkte völlig unecht. Das Hausmädchen stieß einen Schrei aus und blieb wie angewurzelt in der Küchentür stehen. Dann rief sie: Dona Joana, Umhimmelswillen. Aber Tante Joana antwortete nicht, sie schlug nur die Schlafzimmertür zu. Das Hausmädchen ging in die Küche zurück, und als die An-wäl-tin Ana abholte, wunderte sie sich, dass sie von niemandem nach unten gebracht wurde.

Ana hatte Angst vor dem Fluch, vor Letícias Eltern und vor allem vor Tante Joana. Wenn sie an all das dachte, wurde die Decke in ihrem Zimmer ganz dunkel. Sie rief nach der Großmutter, aber sie erklärte ihr nichts.

Ich habe Angst.
Wovor denn? Oma ist doch da.

Jeder konnte tun und lassen, was er wollte: mit offenem Mund kauen, die Bluse ausziehen, küssen. Aber dann kam die Angst. Alles wurde immer schön vor einem verborgen, aber wenn man wollte, konnte man es ganz leicht sehen. Im Videorekorder steckte eine alte Kassette, wo es zu sehen war, beim Zeitungshändler zeigten es viele Zeitschriften auf dem Titelbild nur mit einem Streifen zugedeckt, im Internet konnte man alles sehen, und die Leute machten es miteinander. War sehen das Gleiche wie machen? Sich zu reiben, war das schlimmer, als es zu sehen oder zu machen? Schaute dabei jemand zu, wie Gott oder die Heiligen von Tante Joana? Wenn Tante Joana sich an Letícias Papa rieb, schaute dann ein Geist zu? Letícias tote Großmutter konnte angeblich alles sehen. Warum erschien sie nicht und erzählte, dass sie ein Ver-hält-nis hatten?

Als sie dieses Wort zu Hause aussprach, wollte die An-wäl-tin wissen, woher sie es hatte.

Aus einer Serie.
Verhältnis ist ein hässliches Wort. Da ist man nicht mal richtig zusammen.
Ich weiß.
Also nimm es nicht mehr in den Mund.

Es würde noch dunkler werden; wieder hatte sie den Mund voller Rosinen. Ich will deine Brüste sehen. Warum? Zeig mir deine Brüste, dann erzähl ich es keinem. Und Ana machte die Bluse mit den großen Knöpfen auf. Zwischen den Kissen roch es nach Schaumreiniger, nach Nacht und Pfirsichen – mit dem

Bauch nach unten sieht es keiner. Plötzlich wird die Zimmertür aufgerissen, die An-wäl-tin und das Flurlicht dringen ein.

Letícias Tante hat angerufen. Das Hausmädchen hat gesagt, ihr habt heute etwas Böses getan. Was war das?
Was, Mama?
Das, was Letícia und du gemacht habt.
Es war nur Spaß.

Am Freitag brachte die An-wäl-tin Ana nicht zur Schule. Den ganzen Tag hörte sie das Telefon nicht klingeln, sie mussten es aus der Wand gezogen haben, das darumgewickelte Kabel erstickte den Apparat. Mittags kam Anas Großmutter ins Zimmer, um ihr etwas zu essen hinzustellen und ihr die Fernbedienung zu geben, die ganz hoch oben lag. Sie ging schweigend wieder hinaus. Den ganzen Tag diese Stille in der Wohnung.

Sie hätte bis auf weiteres Hausarrest, hatte es zuletzt geheißen. Den ganzen Tag betrat keiner mehr ihr Zimmer. Nicht mal ihre Großmutter, die sonst so oft zu ihr kam, sobald sie nur rief. Sie rief nicht nach ihr.

Am Abend hörte sie Stimmen aus dem Wohnzimmer. Letícias Mutter und die An-wäl-tin unterhielten sich, manchmal sagte Letícias Vater etwas. Vom Bett aus, den Kopf unterm Kissen versteckt, hörte sich für Ana alles so an, als würde es in einer anderen Sprache gesprochen. Sie rührte sich nicht, bis die An-wäl-tin hereinkam.

Ana, Letícia hat gesagt, dass du sie angefasst hast und dass das schon mal vorgekommen ist. Ich will wissen, was du gemacht hast.
Ich habe nichts gemacht, Mama, ich habe ihr nur meine Brüste gezeigt, weil sie gesagt hat, dass ich keine habe.
Lüg mich nicht an.

Plötzlich stand Letícias Vater in der Tür und wollte etwas sehr Ernstes mit Ana besprechen. Ohne das Mädchen direkt anzusehen, setzte er sich auf die Bettkante. Die An-wäl-tin schämte sich und schaute weder sie noch ihn an. An die Wand im Flur gelehnt, schaute sie auf ihre Füße, legte die Hand auf die Stirn, fuhr sich damit flach übers Gesicht, hielt sich das Kinn, strich sich das Haar nach hinten und ließ sie dann wieder zur Stirn wandern. Letícias Vater flüsterte.

Ana, Letícia kommt nicht mehr aus ihrem Zimmer. Sie sagt, sie will deinetwegen nicht mehr in die Schule gehen. Was hast du gemacht?

Ana merkte, wie ihr Atem schneller ging und ihr Hals sich zuschnürte, als würde ihn jemand zudrücken. Ihr Gesicht wurde heiß, ein plötzlicher Hitzeschub. Sie schnappte nach Luft. Ihre Sicht war verschwommen, verwässert vor Wut. Sie suchte den Blick von Letícias Vater; wenn er sie ansah, würde er schon verstehen. Letícias Vater sah sie nicht an. Die An-wäl-tin sah sie nicht an. Ana erstickte das Gemurmel aus dem Wohnzimmer mit einem anhaltenden, hasserfüllten Ächzen, das nur in ihrem Kopf zu hallen schien. Letícia zu Hause. Frei von allem.

Ana hörte auf zu ächzen, richtete sich kerzengerade auf und flüsterte Letícias Vater alles ins Ohr, was sie von ihm wusste.

Der Mann saß wie versteinert neben Ana, bis die An-wäl-tin fragte, was los sei. Noch immer ohne sie anzusehen, stand er von Anas Bett auf und verließ das Zimmer. Im Wohnzimmer hörte man noch eine Zeit lang Stimmen, dann fiel die Tür ins Schloss, und sie waren verschwunden. Als die An-wäl-tin ins Zimmer zurückkam, war ihr Gesicht verändert. Hinter ihr tauchte die Großmutter mit dem Plastiktablett voll Pão de Queijo und einem Becher Kakao auf.

Am Samstag war das Telefon wieder angeschlossen. Als niemand im Wohnzimmer war, rief sie Letícia an:

Ich habe alles erzählt.

Als sie den Schlüssel im Türschloss hörte, legte sie den Hörer auf; sie schmiss sich mit einer Packung Jujubas in den Sessel vorm Fernseher. Die An-wäl-tin kam mit den Einkaufstüten und einem Geschenk herein. Es sah aus wie ein kleiner Lastwagen.

Aus dem Portugiesischen von Maria Hummitzsch

Augusta Faro
Gertrudes und ihr Mann

Gertrudes' Leid drückte jedem auf die Seele, der nur ein Weilchen innehielt, um es wahrzunehmen. Immer umflorte ein dunkles Lächeln ihren von Regen, Schmerz, Wahn und großer Einsamkeit gefärbten Blick.

Gertrudes tauchte im Städtchen auf wie die Krätze, plötzlich und ohne Erklärung. Eine reife und gesetzte Frau, deren Feuer schon erloschen war und bloß noch Märchen-Asche zurückgelassen hatte. Sie mietete das Haus der Witwe von Herrn Tomás, Eleonora mit dem weißen Blick und den fettigen Haaren und einer Lache so laut und absonderlich, dass bei ihrem Klang von allen Bäumen auf dem Kirchplatz die Vögel und vom Turm der Kirche Nossa Senhora do Bom Parto die Fledermäuse aufschreckten.

Gertrudes richtete ihr »Mode-Atelier« (wie auf dem schlichten, ansprechenden Schild am kleinen Tor geschrieben stand) ein und brachte Stoffe in prächtigen Farben mit, die so ganz anders waren als die Farben, die gewöhnlich getragen wurden. Die Tuche weckten in den Sinnen der Männer sämtlichen

Alters verwegene Unruhe und in den Frauen eine prickelnde Freude.
Die Kundschaft nahm leise und rasch und unaufhaltsam zu wie die Brise im Mai. Gertrudes war äußerst gesprächig, sie redete und redete, bis sich in ihren Mundwinkeln Schaum bildete, erzählte in einem fort von der Liebe ihres Mannes, setzte das Pianola in Gang, zog die Uhren auf und pflanzte gelbe Lilien hinter dem Haus und Sonnenblumen im Garten. Aber das Leid folgte ihr auf Schritt und Tritt und war so gegenwärtig wie der Schatten eines Geistes, der sie feierlich zu geleiten schien.
Schon bald mochten die Leute diese Frau, die mit liebesseligem Mund sagte: »Mein Mann ist erst spät in der Nacht von seiner Reise zurückgekommen und schläft jetzt. Er ist Reisender und findet keine Rast, der Arme. Er liebt sein Heim, aber der Beruf frisst ihn auf. Wir müssen leise sprechen, sonst wacht er auf und findet den ganzen Tag keine Ruhe.« Sie zog die Tür zu, stellte die dreckverschmierten Stiefel neben das Waschbecken im Durchgang zum Garten und lüftete den Koffer über zwei Stühlen in der Sonne aus.
Wer das Mode-Atelier betrat, bekam unweigerlich Geschichten von Romão zu hören, dessen Name von einem geräuschvollen träumerischen Geheimnis umhüllt war, greifbar, aber höchst rätselhaft. Niemand hatte ihn je erblickt, überall sah man nur die Zeichen des edlen Ritters, dem die Liebe zu Gertrudes aus allen Poren drang.
Jede Rückkehr des Mannes war von einem Geschenk begleitet, seine Aura gläsern und undurchdringlich und sein Umfeld gesättigt mit dem Duft eines gesunden, vitalen und nahezu vollkommen zufriedenen Mannsbilds.

Und Gertrudes buk herrlich duftende Kuchen und Maisbrot, Krapfen und Kekse, Biskuitrollen mit kandierten Früchten, und sie überlud die Vorratsschränke mit Köstlichkeiten. Immer standen zwei Teller, zwei Gläser, zwei Teetassen, zwei Kaffeetassen und dergleichen auf dem großen, kunstvoll gedrechselten antiken Tisch im Speisezimmer. Das Tischtuch war mit himmelweißer Spitze verziert, und alles in allem schien in dem Haus eine emsige Harmonie Walzer zu tanzen. Alles in der Wohnung war klassisch, elegant und ausgesucht, zum Staunen schön.
»Gertrudes ist aus einer anderen Welt, Kinder!«, sagten die lebensfrohen Mädchen, die sich von allem begeistern ließen. Leninha schwor Stein und Bein, sie habe mehr als einmal beobachtet, wie Herr Romão den Hof mit den hoffnungslosen Lilien durchquert habe. Auf dem Kirchplatz erzählte sie: »Er ist wunderschön, sehr groß, sein Teint nicht zu dunkel, und seine Augen sind so grün wie frische Weinblätter. Und wie er duftet, dieser Mann! Er hat einen so angenehmen Geruch in der Luft hinterlassen, dass es mir gar nicht in den Sinn kam wegzugehen, bis mich die Sonne verbrannte. Erst, als meine Haut glühte, konnte ich mich losreißen. Seine Hände sind schmal und weich. Sie machten mir Schüttelfrost. Als ich nach Hause kam, hatte ich die ganze Nacht Fieber. Dieser Mann stammt vom Ursprung der Welt, Kinder!«
Durch den lauten, unbändigen Klatsch wurde die Aura von Gertrudes' Mann immer strahlender. Sein Duft, seine Geschenke, seine Spuren, die Zeichen seiner Anwesenheit fanden sich in allen Ecken und Winkeln des Hauses. Die Neugier, Romão zu sehen, wurde über jedes verständliche Maß hinaus gesteigert, je mehr Geschichten Gertrudes von ihm erzählte.

Davon, wie sie ihn kennengelernt hatte, von ihrer Hochzeit, vom Kind, das in ihrem Leib gestorben war, weil sich plötzlich ein großes Krokodil vor ihr auf dem bloßen Boden gewälzt hatte. An diesem Tag hatte Gertrudes, gekrümmt vor Schmerzen, gedacht, sie müsse sterben, und hatte das Totenkleid gebügelt, das sie in den Nächten des Wartens auf Romão bestickt hatte. Über und über verziert war es mit wasserblauen und schaumfarbenen Glasperlen in geometrischen Mustern und Arabesken, die von Weitem wie eine Biga mit sieben Pferden und einem Wagenlenker wirkten, ähnlich den Kampfwagen, die in der Frühzeit des Christentums durch Rom fuhren, die Stadt, deren Zauber, berühmt wie sie war, doch so bald verlosch.

Immer wenn sie das Mode-Atelier von Gertrudes besuchten, durchlitten die Frauen und Mädchen unaussprechliche Qualen, bodenlose Martyrien.

Sie hingegen flatterte wie ein Schmetterling durch das große Haus und machte tausend Dinge auf einmal. Und zwischen dem einen und dem anderen sah sie in den Spiegel und erzählte noch eine Geschichte und plauderte aus ihren Liebesnächten mit diesem wilden, ihr angetrauten Füllen und seiner unerschöpflichen Zärtlichkeit.

Binnen kurzer Zeit bekamen die Mädchen, die jungen wie die alten, die achtbaren Witwen wie die verheirateten Frauen zittrige Knie, wenn ihnen einfiel, dass sie ihr Kleid oder ihren Faltenrock anprobieren oder kontrollieren mussten, ob der wehmütig anmutende, aber lichtdurchflutete Hut schon zufriedenstellend saß. Den Ehemännern, Vätern und Brüdern aber wuchs Moos auf der Seele, und sie ergaben sich brummend dem Schmerz ihrer bohrenden Eifersucht.

Romãos Duft schwebte dünn, aber erstickend über allem und schien die Knochen und Nerven der Kundinnen schmelzen zu lassen. Und Gertrudes erzählte von ihren feurigen Nächten, zeigte ihre Geschenke und bat sie um Ruhe, weil er schlief. Er war gerade wieder von einer langen Reise zurückgekehrt.
Die armen Mädchen wurden vor Erregung ganz wirr im Kopf. Wenn sie die wirklichkeitsgetreuen Schilderungen anhörten, zerflossen ihnen Herz und Seele, und in ihrem Inneren staute sich ein Gebräu von quälendem Verlangen und grenzenloser Neugier.
Manchmal, wenn die lange Abwesenheit sie niederdrückte, sank Gertrudes appetitlos und bleich ins Bett und weinte ganze Nachmittage lang untröstlich, bis die ganze Stadt zu beten begann, das tiefe Leid möge im Fluss von dannen fließen und von der Schneiderin ablassen.
Doch nicht lange und der Bursche kehrte zurück, mit seinen glutvollen Wundern, seinem rätselhaften Duft und seiner unergründlichen Leidenschaft, seinen Seufzern, die selbst Stoffe und Stickereien versengten. Unter so viel Zärtlichkeit schien die Stadt bis in alle Winkel zu erzittern wie durch ein schmerzhaftes Erdbeben.
Niemandem jedoch gelang es herauszubringen, warum die Schneiderin immer und ewig dieses maßlose Leid ausströmte, ganz gleich, ob ihr edler Herr und Gebieter zu Hause war oder wieder einmal irgendwo auf seinen wundersamen Wegen wandelte und seine kleinen ungewöhnlichen Kostbarkeiten verkaufte.
Nach mehr als einem Jahr dieses Martyriums nahm sich ein halbes Dutzend gepeinigter und gefühlsroher Abenteurerinnen

vor, in die Stube des Kavaliers einzudringen, um ihn mit Haut und Haaren im Schlaf schwitzen und seufzen zu sehen.

Dies selbstverständlich, wenn Gertrudes zum Einkaufen auf den Wochenmarkt oder in die alte Markthalle ginge, wo sie Stunden zubrachte und zwischen den kleinen Buden hin und her tänzelte, hier und da ein Schlückchen Kaffee trank und von den Heldentaten ihres Geliebten erzählte, ob er fern war oder ganz nah in ihrem Liebesnest weilte, das von Dämmerlicht und himmlischem Duft erfüllt war.

An einem von schlechten Vorzeichen getrübten Morgen fassten sich die Mädchen ein Herz und drangen in das große, stille Allerheiligste ein.

Dort schlief der Mann, bedeckt von reinem Leinen, das über und über mit seidenen Rosen bestickt war. Bárbara, die Frau des berühmten Serenadensängers Tonico, zündete die Kerze am Kopfende an, während die jungen Mädchen, um ihn nicht aufzuwecken, ganz sachte, mit leichten Händen und Worten über seine Leintücher strichen.

In feierlicher Brunst stieg das Seufzen der inneren Schlange dieser Weibsbilder auf in den bass erstaunten Morgenhimmel. Sanft und ohne Hast erkundeten sie das Gesicht, die Schultern, die Leibesmitte des hellbraunen Mannes, der schutzlos und keusch den Schlaf des Gerechten schlief.

Schließlich deckten sie ihn vollständig auf. Splitternackt lag er da, schön wie ein griechischer Gott und so stumm wie eine unübertreffliche Statue aus einem Museum in Troja.

Das war der Weltuntergang. Der Mann lag wahrhaftig und vollständig vor ihnen. Ditinha de Sá Rita, das jüngste der Mädchen, berührte seine Lippen. Sie waren kalt wie Eis. Erschrocken

begannen alle, sein seidiges Haar, seine mit Blüten bedeckten Schultern, die kräftige, glatt goldblond behaarte Brust und die weißen Füße von selten gesehener Vollkommenheit zu berühren.
Hatte er seine Seele ausgehaucht? Betrat er in diesem Augenblick die Unterwelt, dahingerafft von dem, den keiner liebt? Das kann nicht sein! Öffnet die Fenster, zündet die Deckenlichter an, reißt alles auf, damit die Sonne hereinkann. Kraftvoll drang die Morgenfrische so kurz nach Tagesanbruch in das Gemach ein. Und sie drehten und wendeten den Mann, den sie so lange in ihren Träumen liebkost hatten und den sie jetzt in tiefem Schweigen umringten, mit freiem Blick auf seine Zerbrechlichkeit.
Minutenlang standen die Uhren des ganzen Städtchens still, bis die Mädchen zu einem höchst merkwürdigen Ergebnis kamen: Gertrudes' Mann war eine bis ins Kleinste perfekt modellierte Puppe.
Mit der Schere in den zitternden, schweißnassen Händen öffneten sie den zu männlicher Vollkommenheit und Glut gestalteten Leib. Ihr Geschrei gellte so laut, dass die Trommelfelle platzten.
In Romãos Solarplexus war ein Kästchen eingesetzt, in dem Seufzen und Stöhnen zur programmierten Erfüllung des Schicksals ruhten. Sonst bestand er nur aus roher Baumwolle, die nun in Klumpen hervorquoll. Die Augen aus Glas, wunderschön, strahlend und tränenfeucht. Die Ohren, Lippen und Zunge aus einer speziellen, gummiartigen, weichen Masse.
Sie schrien bis zum nächsten Morgengrauen. Die Leute liefen in Massen zusammen. Bruder Lauro, der Schielende, Enthalt-

same, stolperte herbei, mit kaltem Schweiß auf der Stirn und zitternden blauroten Lippen.

Nach drei Tagen Chaos und Wahnsinn endlich vermisste man Gertrudes. Die Frauen leerten Romão aus, küssten ihn in einer Mischung aus Hass und Liebe von Kopf bis Fuß und zerteilten ihn in edle und weniger edle Teile. Sein Duft erfüllte die Luft, aber Gertrudes ward nicht mehr gesehen.

Jede konnte ein Stück von dem Traum, der allen Verstand davongefegt hatte, mit nach Hause nehmen, und wenn es nur ein Fingernagel war. Danach brach die Hölle los, in Gestalt unsäglicher und nicht enden wollender Regengüsse, die eine mittlere Überschwemmung hervorriefen, welche Brücken und Stege verschlang.

Eine Woche später fand man Gertrudes am kleinen Strand gleich unterhalb des Schlachthofs, so vollkommen und heil, als wäre sie lebendig, in den Armen die Gaben, die sie für ihren Geliebten erstanden hatte.

Eau de Cologne, Badesalze, kleine Geschenke und Schmuckstücke, ein Ring mit einem lilafarbenen Stein – alles für Romão, den Mann ihrer täglichen und nächtlichen Worte. Nichts davon war dem Regen oder der Überschwemmung zum Opfer gefallen. Gertrudes barg die Geschenke für den Reisenden an ihrem Busen und in ihren Armen, wohlbehütet für den, der von einer weiteren Reise zurückgekehrt war. Nur dass sich diesmal Gertrudes auf den Weg gemacht hatte und nicht der feurige Liebhaber. Mehr als einmal erblickte man ihre Seele, die bisweilen die Gestalt einer klugen und traurigen Taube annahm. Ihr Leichnam war völlig unversehrt, doch entströmte ihm noch immer dasselbe rätselhafte Leid, das sich nun über alle Winkel der Stadt legte, immer von der Frau ausgehend, die unter Veilchen und Einsamkeit gebettet an der größten Biegung des kleinen Strands zu schlafen schien. Es wurde nie festgestellt, ob Senhora Gertrudes genau zu der Stunde gestorben war, als man ihr heiliges Geheimnis entdeckt und mit Gewalt vernichtet hatte, oder ob das Unwetter ihr die Blüte des Lebens geraubt hatte. Gewiss ist nur, dass sie bis zum letzten Moment, bis zum Schließen des Sargs, noch die Frische der Lebenden besaß, die Traurigkeit einer Scheidenden und die unmäßige Sehnsucht nach einem geliebten Wesen, das sie endgültig verloren hatte.

Aus dem Portugiesischen von Renate Heß

Claudia Lage
Wenn der Hahn kräht

Spät lernte ich
wie gut es doch ist
mit sich selbst im Reinen zu sein
ANA C. CESAR

und sie schlug die Augen auf, kurz bevor der Hahn krähte.
Er krähte.
Sie stand auf und dachte, sie sei schon zu lange da.
Die Schwester war in der Küche, und sie teilte ihr sogleich mit:
»Heute ist mein letzter Tag!«
Die andere starrte sie verständnislos an und sagte, als sie verstand:
»Und wer soll die Hühner versorgen?«
Die Urenkelin im Sinn, antwortete sie achselzuckend:
»Lass dir was einfallen.«
Sie ging in den Hof und nahm den Mais.

In der Mitte des Hühnerstalls verkündete sie:
»Das ist das letzte Mal!«
Sie fütterte die Hennen, schimpfte mit dem Hahn.
»Gib Ruhe! Sonst straft dich Gott!«
Sie ging zurück in die Küche, notierte ein paar Namen auf einem Blatt Papier und reichte es der Schwester.
»Diese Leute will ich heute hier haben.«
Und sie wiederholte gebieterisch:
»Heute.«
Die Schwester betrachtete das Blatt, beugte sich darüber, die Brille, die Falten. Las mit gerunzelter Stirn.
»Ehhh … aber Seu Antônio ist schon tot … und Dona Eufrásia auch.«
Sie erschrak.
»Die sind schon tot?«
»Erinnerst du dich nicht mehr? Wir sind doch sogar zur Totenwache gegangen.«
»Vor mir? Hmm … dann lass die anderen kommen, mit den beiden klär ich das später.«
Und als sie sah, dass die andere nicht losging:
»Geh schon.«
Sie setzte sich in den Schaukelstuhl.
Schaukelte.
Der Stuhl quietschte altersschwach.
Sie hörte auf zu schaukeln.
Verkündete:
»Heute koche ich das Mittagessen.«
Die andere, bereits an der Tür, blieb stehen.
»Du?«

»Ja, ich. Lass den Jungen Lende, Paprikawurst und ... Bier bringen.«
Die Schwester verstand. Fand aber, das sei zu viel.
»Das darfst du nicht.«
Sie stellte sich taub.
»Geh schon. Und beeil dich.«
Die Schwester ging.
Lief mit einem ängstlichen Gedanken durch die Straßen.
Der Gedanke sank hinab bis in ihre langsamen Schritte.
Die Schwester ging auf den Markt, gab ihre Bestellungen auf, kaufte Telefonmarken, tätigte ihre Anrufe, und da war er wieder, schlich sich durch ihren Kopf.
Als die Schwester zurückkam, spielte im Haus Musik. Die alten Platten waren aus dem Schrank geholt worden, das alte Grammophon lief. Sie rührte in den Töpfen, deftiger Dampf stieg ihr ins Gesicht. Sie sang, die Platte quietschte.
»Du hast lange nicht mehr gekocht«, sagte die Schwester und beobachtete sie von der Tür her.
Sie schien nicht zu hören. Schnitt die Zwiebeln.
Auf einmal sagte sie:
»Ich habe keine Lust zu weinen. Gar keine. Ich dachte immer, ich würde weinen, wenn ich sterben muss. Aber nein, ich habe keine Lust zu weinen. Ich habe Lust zu essen.«
Und sie steckte sich ein Stück rohe Zwiebel in den Mund.
»Kommen sie alle?«, wollte sie wissen.
»Ja.«
Sie lächelte.
»Ich wusste es.«
Die andere, besorgt:

»Geht es dir gut?«
Sie antwortete mit einer Stimme, die niemandem gehörte. Mit einem frivolen, heftig blinzelnden Blick.
»Bestens! Und dir?«
»Mir? Also …!«
Die Schwester sprach nicht weiter. Fand alles merkwürdig.
Sie träumte bereits:
»Wo werde ich wohl morgen sein? Na ja, ist auch nicht wichtig. Du jedenfalls wirst hier sein, das weiß ich.«
Die andere, defensiv:
»Gott sei Dank!«
Sie, an ihn erinnert:
»Ich werde keinen Pfarrer kommen lassen. Ich glaub nicht an die Pfaffen und mag auch keine Totenwachen. Ich möchte verbrannt werden.«
»Wie bitte?«
»Verbrannt.«
»Aber, Schwester, du warst doch immer katholisch, eine Christin!«
Sie, ungeduldig:
»Ach, Gott ist eine Lüge und Jesus ein Dummkopf!«
Die andere, mit offenem Mund:
»Himmel! Was ist nur in dich gefahren?«
Sie, gehässig:
»Papa habe ich mein Leben lang gehasst, Mama habe ich mein Leben lang gehasst. Ich liebe nur dich, meine Schwester.«
»Hä?«
»Dich konnte ich einfach nicht hassen.«
»Hä …«

»Lass uns essen.«
Die beiden setzten sich. Einander gegenüber. Die Schwester, die Augen weit aufgerissen, rührte das Essen nicht an. Beobachtete. Sie, Mund und Finger fettverschmiert, nahm sich einmal, zweimal, dreimal.
»So stirbst du eher an verdorbenem Magen.«
»Unsinn, ich sterbe nur an Altersschwäche ...«
»Dann müsste aber doch ...«
»Reich mir das Salz.«
Sie salzte das Fleisch. Und trank das Bier.
»Und jetzt. Mein Testament. Stift und Papier. Geh.«
Die Schwester gehorchte.
Beim Aufstehen wurde ihr schwindlig. Es war der Gedanke. Die Schwester schwankte. Weil der Gedanke sie bombardierte. Sie merkte nichts, fuhr fort:
»Ich diktiere, du schreibst: Ich hinterlasse alles, was mir gehört, meiner Schwester. Fertig. Fehlt nur noch die Unterschrift.«
»Aber ... was ist mit deinen Kindern? Deinen Enkeln? Deinen ...«
»Die brauchen mein altes Zeug nicht.«
Sie unterschrieb. Gähnte. Sagte:
»Ich mache ein Schläfchen.«
»Jetzt?« Die andere erschrak.
»Ja«, bestätigte sie. »Weck mich, wenn sie da sind.«
Sie ging in ihr Zimmer. Legte sich hin, schlief ein. Die Schwester beobachtete sie von der Tür her, sie war wie tot. Der einzige Unterschied war die schwache, fast unmerkliche Atmung. Aber diese kleine Kraft war es, die es ihr ermöglichte, jederzeit wieder die Augen zu öffnen und aufzustehen.
Allmählich trudelten die Gäste ein. Der Erste betrat das Haus.

Sie sprang aus dem Bett, ihre Augen glühten. Sie setzte sich dem Alten gegenüber in den Sessel.

Kam gleich zur Sache:

»Hast du mich geliebt?«

Völlig versteinert, spürte er nicht den Nebel, der in seinen Augen aufstieg.

»Hä?«

»Du hast richtig gehört. Du bist alt, aber nicht taub. Sag ja oder nein.«

»Ja«, sagte er.

Und er begann zu weinen.

Sie, ungerührt:

»Wann und wie lange?«

»Von 1915 bis 1920.«

»Ha! Du hast mich länger geliebt als ich dich.«

Entgeistert riss er die Augen auf.

»Du ... du hast mich geliebt?«

»Von 1915 bis 1919.«

»Aber ... ich habe nie was gemerkt ... hatte keine Ahnung, keinen Augenblick lang habe ich ...«

»Idiot.«

Sie rief die Schwester und sagte:

»Der Nächste.«

Ein weiterer Alter trat ein. Er nahm den Platz des ersten ein.

»Hast du mich betrogen?«

Er blinzelte. Kratzte sich am Kinn. Sah die Schwester an.

»Wie bitte?«

Sie wiederholte ihre Frage nicht. Er hörte auf zu blinzeln, senkte den Blick.

»Ja.«
Sie presste die Lippen zusammen, knirschte mit den Zähnen. Die Schwester schluckte heftig, der Alte schluckte eine Träne hinunter, sie schluckte Beleidigungen hinunter, seufzte. Und dann:
»Komm nicht zu meiner Verbrennung.«
Und schließlich, zur Schwester:
»Ist sie gekommen?«
»Ja«, antwortete die Schwester mit abgewandtem Blick.
»Schick sie rein.«
Die Frau trat ein. Setzte sich. Sah sie an.
»Was willst du? Warum hast du mich rufen lassen?«
»Ich sterbe morgen.«
»Morgen? Woher weißt du das?«
»Ich weiß es eben. Basta.«
»Hmm ... Mein Beileid.«
»Danke.«
Die beiden sahen sich an.
»War's das? Dann geh ich wieder.«
»Verzeihung.«
»Wie bitte?«
»Verzeihung.«
»Du willst, dass ich dir verzeihe, ehe du stirbst?«
»Ja.«
»Ich überleg es mir bis morgen.«
»Das kann zu spät sein.«
»Du wirst es erfahren. Leb wohl.«
Sie blieb allein.
Sie hatte keine Lust zu weinen. Gar keine.

»Er ist gekommen«, sagte die Schwester ängstlich. »Wirst du wirklich mit ihm reden?«
»Ja. Und misch du dich nicht ein.«
Der junge Mann setzte sich ihr gegenüber.
»Mein Junge …«
»Großmutter …«
»Ich bin nicht deine Großmutter«, sagte sie und deutete auf die Schwester, »das hier ist deine Großmutter. Ich bin deine Großtante.«
»Hä?«
»Meine Tochter ist nicht deine Mutter, die Tochter von ihr ist deine Mutter. Deine Mutter ist deine Tante, und deine Tante ist deine Mutter.«
Die andere weinte.
»Sei still. Der Junge muss die Wahrheit erfahren. Du würdest es ihm niemals sagen, du bist dumm. Aber ich will das auf keinen Fall mit ins Grab nehmen!«
Und zu ihm, ganz sanft:
»Geh jetzt, mein Junge …«
Der Junge ging hinaus.
»Wie spät ist es?«
»Sechs Uhr.«
»Es ist schon dunkel. Bald wird der Hahn krähen.«
Sie ging in ihr Zimmer. Öffnete den Schrank, holte eine Schachtel aus der Schublade.
»Komm her und sieh dir mit mir diese Fotos an! Von wann sind die hier?«
Die Schwester nahm die vergilbten Fotos in die Hand und beugte das Gesicht darüber.

»1916, 1917, 1918 …«
»Ah … die Zeit, in der ich geliebt wurde … in der ich liebte und geliebt wurde …«
»Auf dem Foto bist du so hübsch … deine Augen leuchten …«
»Ja, irgendwie wusste ich, dass meine Liebe erwidert wird …«
»Und das hier? Ungefähr fünfzehn Jahre später, nicht wahr?«
»1930.«
»Da bist du so ernst …«
»Das war, als ich betrogen wurde.«
»Oh … hast du das geahnt?«
»Ich hab es gewusst, irgendwie hab ich es gewusst.«
Die andere wandte sich schweigend wieder dem Foto zu.
Sie fuhr fort:
»Ich habe nur nie erfahren, mit wem.«
»Wie bitte?«
»Die Geliebte. Wer war die Geliebte? Ich werde sterben, ohne es zu erfahren.«
Die Schwester, blass:
»Ich.«
»Hm?«
»Ich war die Geliebte.«
»Du?«
»Ja.«
Die beiden sahen sich an. Ihre Hände zitterten. Sie hatten kein Alter mehr.
»Ich weine nicht mehr«, sagte sie.
»Ich habe dich betrogen, aber ich wollte es nicht. Die Lust war größer als der Wille.«
»Ich leide nicht mehr«, bekräftigte sie.

»Verzeih mir!«
»Du, meine Schwester, bist verschlagener und weniger dumm, als ich dachte.«
»Ja, ich habe es geschafft, dich zu täuschen ... Ich wette, das überrascht dich.«
»Und ob, meine Kleine!«
»Ach, aber ich ... ich ...«, und die Schwester schluchzte vor Schuldgefühl, »ich werde dafür büßen.«
Sie hob die Hand, berührte die Stirn der Schwester. Es war, als berührte sie den Abgrund. Sie streichelte ihr Gesicht. Es war, als streichelte sie die Krater des Mondes.
Die Schwester dachte verzweifelt an das unergründliche Morgen. Sie wollte kalt lächeln, doch Zärtlichkeit umspielte ihre Lippen.
»Ich schenke dir die Fotos, meine Vergebung, meine Kleider, meine Hühner. Hast du gehört? Der Hahn hat gekräht, oh ... er kräht.«
Die beiden lauschten.
»Er wird morgen krähen.«
»Ich weiß«, antwortet die andere nachdenklich.
Sie nahm die Hand der Schwester in ihre beiden Hände.
»Ich werde glücklich sterben. Ich kann verzeihen. Ja, das ist sehr gut. Ist noch was von der Lende da?«
Die andere deckte den Tisch, müde, die Beine ohne Kraft, die Knie steif, der Kopf schwer vor Angst. Der krumme Rücken engte die Brust ein.
Sie aß zu Abend, nahm sich wieder Lende, Paprikawurst und Bier. Und dazu Brot.
Die Schwester wollte nichts essen, wartete still. Sie hingegen aß langsam, ihr Gebiss knackte, sie leckte sich die Finger.

Auf einmal sagte sie:
»Ich habe heute nicht geduscht und mir nicht mal die Zähne geputzt.«
Sie lächelte wie verwandelt.
»Morgen wieder.«
Sie stand auf.
»Gute Nacht.«
Sie ging in ihr Zimmer. Holte ihr Lieblingskleid aus dem Schrank. Zog sich aus. Streifte das Kleid über und betrachtete sich im Spiegel.
Legte sich hin.
Schloss die Augen.
Die andere trat näher, lautlos.
»Willst du schon schlafen?«
Sie antwortete mit geschlossenen Augen.
»Nein.«
Und dann sagte sie nichts mehr.
Die andere wartete eine Weile.
Rief:
»Schwester … Schwester?«
Hörte die Stille des Zimmers.
Hörte die Stille der Welt.
Löschte das Licht.
»Das ist nicht gerecht«, sagte die Schwester und schlurfte in ihren Pantoffeln zu ihrem Zimmer. »Ich bin die Ältere!«

Aus dem Portugiesischen übersetzt von Marianne Gareis

Knallhart und beglückend
Zwölf Einblicke in brasilianische Lebenswelten

Wenn der Hahn kräht, passiert so einiges: Die hier versammelten Geschichten von weiblicher Wirklichkeit in Brasilien rollen noch einmal neu und aus eigener literarischer Perspektive auf, wie Frauen ihre Beziehungen, ihre Verstrickungen verstehen. Welche Möglichkeiten haben sie, verhedderte Fäden neu zu ordnen, das Leben zu überdenken, die Sinne anzuregen und das Verhältnis zu sich und anderen zu begreifen und zu verhandeln? Welche Rolle spielen dabei die bestehenden Ordnungen, die Natur, der Lauf der Welt, Machtverteilungen, das Schicksal? Kurzum, welche Mittel ergreifen Frauen, um ihre Beziehungen lebbar zu machen? In Brasilien, wo nach wie vor Frauen hinter Männern anstehen und massiv häuslicher Gewalt ausgesetzt sind, sind diese Fragen besonders brennend, und sie mittels Literatur zu stellen, ist erhellend und notwendig, knallhart und beglückend – zumal gute Geschichten keine Schwarz-Weiß-Malerei betreiben, sondern das Glück und die Wahrheit in den Zwischenräumen suchen und finden.

Die Themen der Erzählungen sind existenziell, es geht um Überlebensstrategien und Vorstellungskraft: Die Protagonistin in »Eine Million Mal« von Andréa del Fuego will die Produktionsfirma einer TV-Gewinnshow von sich überzeugen, indem sie ihre eigene Geschichte neu erfindet und hält, obwohl man sie einmal mehr ins Abseits schiebt, an ihren Träumen fest.

In »Hunger und Esslust« von Cíntia Moscovich, einer Geschichte aus der jüdischen Erzähltradition, wird eine verkorkste Beziehung zum Essen durch die Kraft der Träume vom Stigma zum Befreiungsschlag. Ebenfalls mit großer Vorstellungskraft träumt sich in »Gertrudes und ihr Mann« von Augusta Faro eine einfache Schneiderin ihre poetisch-erotische Welt zusammen, die Bezüge zum magischen Realismus und zu E.T.A. Hoffmann enthält.

Wenn der Blick von außen unsere Beziehungen bestimmt, sind Probleme vorprogrammiert. Umso bemerkenswerter, dass die junge Frau in »Zezé Sussuarana« von Beatriz Bracher mit Gefühl *und* Verstand eine Vermittlerrolle zwischen zwei Welten einnimmt, obwohl die Gratwanderung ihre Selbstbestimmung zu zerreiben droht. Oder wenn die Protagonistin in Tércia Montenegros »Auf offener Straße« sich in einem Akt demonstrativer Aneignung ihres Körpers freiwillig den Blicken der anderen aussetzt und damit Verwirrung und Unruhe stiftet, so dass die starren Gefüge üblicher Beziehungs- und Gesellschaftsmuster sichtbar werden.

Die Versöhnung zwischen zwei Welten gelingt oft erst, wenn etwas begraben wird, so erfahren wir in »Vertane Zeit« von Tatiana Salem Levy, einer Geschichte, die sich auf nur scheinbar privater Ebene mit dem Vermächtnis der Militärdiktatur auseinandersetzt. Mancher Brückenschlag geht schief, auch wenn er noch so gut gemeint ist, wie Paula Taitelbaums Protagonistin in »Schach« noch Jahre später reuig zugeben muss: Sich in die Belange anderer einzumischen etabliert und fixiert hierarchische Gefüge. Die Bibliothekarin in »Frau aus dem Volk« von Ivana Arruda Leite hingegen erfährt durch die einfachen Frauen auf der allgemeinen Krankenstation, was es heißt, eine Frau unter vielen zu sein, und dass das nichts Schlechtes ist. So kehrt sie milder und menschlicher aus dem Krankenhaus zurück.

Wie Neugier, Grenzüberschreitung und Identitätsfindung in der Pubertät mit der Erwachsenenwelt in Reibung geraten, schildert anhand eines drastischen Beispiels Cecilia Giannettis Geschichte »Ana und Letícia«, in der die nur scheinbar widerspruchslos genormte Sexualität der Erwachsenen zwei junge Mädchen zu kleinen Grausamkeiten – und zum Wagnis der Selbstbehauptung anstiftet. Und die Kosmetikerin aus Ana Paula Maias »Bazille« macht Grausamkeit zum Prinzip. In einem beinahe surreal-rachsüchtigen Akt der Verbündung mit dem eigenen Trauma wird sie zur Seuchenschleuder. Ein Befreiungsschlag? Nicht unbedingt. Den hätte allerdings die nur im Schatten ihres gewalttätigen Mannes wahrnehmbare Frau in »Meine Süße« von Livia Garcia-Roza noch dringender nötig. Die Geschichte schreit förmlich nach einer eigenen Stimme für die Frau.
Lakonisch führt uns schließlich »Wenn der Hahn kräht« von Claudia Lage die inneren und äußeren Wendungen vor Augen, die sogar kurz vor dem Tod noch möglich sind – wenn wir nur den Mut finden.

Diese zwölf Geschichten von Frauen über Frauen, über ihr Erwachen, ihre Sehnsüchte, ihre Beziehungen, ihre Sinnlichkeit, über Erinnerungen, Lebensentwürfe, Tabus, Herausforderungen und Überlebensstrategien werden uns von liebenswerten, sarkastischen, schonungslosen Stimmen präsentiert. Unaufgeregt und manchmal mit trockenem Humor vermitteln sie, wie Identitäten infrage gestellt und gestiftet werden – nicht umsonst tragen drei der Geschichten Eigennamen im Titel –, wie Träume gepflegt und deren harte Kerne herausgefiltert werden.

Das ist es, was Literatur vermag: die Momente der Sehnsüchte und eine erdachte Wirklichkeit aufnehmen und damit einerseits Fluchtpunkte, andererseits das Verwandlungspotenzial der Phantasie erkennbar werden lassen. Und da alle Beziehungen zur Disposition stehen, wenn wir die Freiheit haben, unsere Phantasie walten zu lassen, werden sie mittels Literatur auch verhandelbar. In diesem Sinne kann diese Sammlung als programmatisch verstanden werden.

Wanda Jakob und Luísa Costa Hölzl

Unsere Autorinnen

Beatriz Bracher wurde 1961 in São Paulo geboren. Mit elf lebte sie zwei Monate in Deutschland und entdeckte ihre große Liebe für die Literatur. Nach ihrem Literaturstudium gab sie die Literatur- und Philosophiezeitschrift *34 Letras* mit heraus, aus der das von ihr mitbegründete Verlagshaus Editora 34 entstand. Dort arbeitete sie von 1992 bis 2000 als Lektorin. Neben Romanen und Erzählungen schreibt Beatriz Bracher Drehbücher. Ihr jüngster Roman *Antonio* (2007) erscheint 2013 in der Übersetzung von Maria Hummitzsch bei Assoziation A auf Deutsch. → Seite 68

Augusta Faro, 1948 in Goiânia geboren, studierte Pädagogik, Literaturtheorie und Linguistik an der Universidade Federal de Goiás. Sie hat eine Vielzahl an Gedichtbänden veröffentlicht, u. a. über sechzig Bände mit Kindergedichten. Regelmäßig erscheinen ihre Erzählungen und Kolumnen in Zeitschriften und Anthologien, einige der Geschichten sind für Kurzfilme adaptiert worden. Augusta Faro gründete das Pädagogik-Institut Piaget in Goiânia, dem sie vorsteht. → Seite 121

© André de Toledo Sader

Andréa del Fuego, geboren 1975 in São Paulo, hat Journalismus studiert. Ihr Name ist ein Pseudonym, das sie sich zulegte, als sie in einer Kolumne für die Zeitschrift eines Radiosenders 1998 begann, Leserfragen zu sexuellen Problemstellungen zu beantworten. Neben Kurzgeschichten in Zeitschriften, Anthologien und online, einigen Erzählbänden und Kinder- und Jugendbüchern hat sie 2010 ihren Debütroman *Os malaquias* veröffentlicht, der mit dem Prémio José Saramago ausgezeichnet wurde und 2013 unter dem Titel *Geschwister des Wassers* (übersetzt von Marianne Gareis) bei Hanser erschienen ist. → Seite 7

© Bel Pedrosa

Livia Garcia-Roza aus Rio de Janeiro ist Psychoanalytikerin und Autorin, vermischt aber nach eigener Aussage Literatur und Couch nicht. Und dennoch – häufig kreist ihr Werk um Familienverhältnisse. Neben Erzählbänden hat sie acht Romane veröffentlicht, als Herausgeberin und Beitragende von Anthologien gewirkt und ist mit ihren Werken in die Auswahllisten u. a. für den Prémio Portugal Telecom de Literatura und den Prêmio Jabuti aufgenommen worden. → Seite 99

Cecilia Giannetti wurde 1976 in Rio de Janeiro geboren. Die Schriftstellerin und Drehbuchautorin studierte Medienwissenschaften an der Universidade Federal do Rio de Janeiro und schreibt regelmäßige Kolumnen für namhafte Zeitungen und Zeitschriften, so u. a. von 2007 bis 2010 für die überregionale *Folha de S. Paulo*. Von 2007 bis 2009 war sie Herausgeberin des Internetportals *Portal Literal*. Ihr erster Roman, der es in die Shortlist des Prêmio São Paulo de Literatura schaffte, erschien 2007, ein zweiter ist für 2013 angekündigt. → Seite 107

Claudia Lage, geboren 1969 in Porto Alegre, hat nach einem Theater- und Literaturstudium begonnen, Drehbücher für Telenovelas sowie eine Kolumne für die elektronische Literaturzeitschrift *Rascunho* zu schreiben. Sie hat bislang einen Erzählband (*A pequena morte e outras naturezas*, 2000) und eine literarische Biografie veröffentlicht und ist in Erzählanthologien vertreten. Daneben gibt sie Kurse für kreatives Schreiben und unterhält einen Blog. Die hier aufgenommene Erzählung »Wenn der Hahn kräht« schrieb sie an einem Sonntagnachmittag im Jahr 1996 nieder und gewann damit prompt einen Literaturwettbewerb. Das war zugleich der Beginn ihrer literarischen Laufbahn. Claudia Lage lebt in Rio. → Seite 130

© Edson Kumasaka

Ivana Arruda Leite, geboren 1951 in Araçatuba im Bundesstaat São Paulo, ist in unzähligen brasilianischen Erzählanthologien und Literaturzeitschriften vertreten. Auch hat sich die studierte Soziologin bereits selbst als Herausgeberin von Anthologien betätigt. Ivana Arruda Leite hat bisher drei eigenständige Erzählbände und drei Romane veröffentlicht. Das Hauptaugenmerk ihrer Erzählungen liegt auf weiblichen und kindlichen Perspektiven, häufig gespickt mit einem Quäntchen Ironie. Ivana Arruda Leite lebt in São Paulo. → Seite 37

© Pedro Loureiro

Tatiana Salem Levy wurde 1979 in Portugal geboren, während ihre Eltern im Exil waren. Noch innerhalb ihres ersten Lebensjahres ging die Familie zurück nach Brasilien. Für ihren ersten Roman *A Chave de Casa* (2007), der auch in Portugal, Frankreich, Spanien, Italien und der Türkei veröffentlicht wurde, erhielt sie den Prêmio São Paulo de Literatura. 2011 erschien ihr zweiter Roman. Tatiana Salem Levy wurde 2012 in die Auswahl der besten jungen Schriftsteller Brasiliens der internationalen Literaturzeitschrift *Granta* aufgenommen. Die Schriftstellerin und Übersetzerin hat einen Doktor in Literaturwissenschaft und lebt in Rio de Janeiro. → Seite 24

© Marcelo Correa

Ana Paula Maia, geboren 1977 in Nova Iguaçu, Rio de Janeiro, hat während des Studiums von Marketing und Werbung begonnen zu schreiben. Eine ihrer Novellen gab sie in zwölf Folgen mit dem Zusatz »Pulp Feuilletons« selbst online heraus, weil sie davon ausging, dafür keinen brasilianischen Verleger zu finden, der mutig genug wäre, sie zu veröffentlichen. Mittlerweile publiziert sie bei einem der größten Verlage Brasiliens. Ihr Roman *Krieg der Bastarde* (2007) wurde verfilmt, ins Serbische übersetzt und erschien 2013 auf Deutsch beim A1 Verlag (übersetzt von Wanda Jakob). Ana Paula Maia lebt in Rio de Janeiro. → Seite 103

Tércia Montenegro, 1976 in Fortaleza, Ceará, geboren, hat Literatur studiert und einen Doktor in Linguistik. Sie ist außerordentliche Professorin für Portugiesisch an der Universität von Ceará. Seit 2009 gibt sie die Literaturzeitschrift *Para Mamíferos* mit heraus. Sie hat vier Erzählbände veröffentlicht, von denen einer für das Theater adaptiert wurde, sowie Kinder- und Jugendbücher. Für ihren Erzählband *O tempo em estado sólido* (2012) erhielt sie mehrere Preise. Derzeit schreibt sie an ihrem ersten Roman. Wie die übrigen Autorinnen veröffentlicht auch sie regelmäßig Texte in ihrem Blog. → Seite 83

© privat

© Cleber Passus

Cíntia Moscovich wurde 1958 in Porto Alegre geboren und ist eine der arriviertesten lebenden Erzählerinnen Brasiliens. Die Journalistin und ehemalige Direktorin des Landesinstitutes für Buchwesen, Rio Grande do Sul, veröffentlichte 1996 ihren ersten Erzählband *O reino das cebolas*, es folgten weitere Erzählbände und Romane, die teilweise neu aufgelegt worden sind. 2006 hat sie an der Copa da Cultura der brasilianischen Botschaft in Berlin teilgenommen. Ihr literarisches Werk vereint häufig jüdisches Leben in Brasilien mit weiblichen Perspektiven. Cíntia Moscovich lebt in Porto Alegre. → Seite 90

© Fernanda Chemale

Paula Taitelbaum wurde 1969 in Porto Alegre geboren. Die Dichterin, Journalistin und Schauspielerin ist auch in der Werbebranche und als Dozentin für Marketing tätig und kuratiert Kulturprojekte. Sie hat fünf Gedichtbände veröffentlicht und ist in mehreren Anthologien und Zeitschriften mit Gedichten und Erzählungen vertreten. Zusammen mit ihrem Mann, dem Schriftsteller Eduardo Bueno, schrieb sie Bücher zur Geschichte Brasiliens. 2013 veröffentlicht sie ihr erstes, auch von ihr selbst illustriertes Kinderbuch. Sie lebt in Porto Alegre. → Seite 12

Unsere Übersetzerinnen

Barbara Bichler, geboren 1980, hat Vergleichende Literaturwissenschaft, Portugiesisch, Kunstgeschichte und Deutsch als Fremdsprache studiert. Derzeit ist sie DAAD-Lektorin an der Geisteswissenschaftlichen Fakultät der Universität Coimbra, Portugal. Seit 2011 arbeitet sie als Redakteurin und Übersetzerin für das zweisprachige Online-Magazin www.berlinda.org und nahm 2011 am Hieronymus-Nachwuchs-Übersetzerworkshop teil. Bisher hat sie Kurzgeschichten, u. a. von Raquel de Queiroz übersetzt. Für diesen Band übersetzte sie »Meine Süße« von Livia Garcia-Roza. → Seite 99

Marianne Gareis, geboren 1957 in Süddeutschland, studierte Lateinamerikanistik, Anglistik und Ethnologie und lebt in Berlin. Seit 1989 übersetzt sie Literatur aus dem Portugiesischen und Spanischen, darunter Autoren wie José Saramago, Gonçalo M. Tavares, Machado de Assis, Andréa del Fuego, Paulo Scott und Sergio Álvarez. 2012 leitete sie zusammen mit Kristina Michahelles die Deutsch-Brasilianische Übersetzerwerkstatt in Paraty/Brasilien. Für diesen Band übersetzte sie die Titelerzählung »Wenn der Hahn kräht« von Claudia Lage und »Eine Million Mal« von Andréa del Fuego. → Seite 7, 130

Renate Heß, geboren 1948, studierte Germanistik, Geschichte und Politikwissenschaft an der Universität Heidelberg. Sie arbeitete als Lehrerin in Darmstadt. Von 1983 bis 1988 war sie als DAAD-Lektorin in Portugal an den Universitäten Coimbra und Lissabon. Seitdem veröffentlicht sie Aufsätze und Radiobeiträge zu portugiesischsprachiger Literatur und übersetzt aus dem Portugiesischen; u. a. hat sie einen Roman von Maria Isabel Barreno übersetzt. Für diesen Band übersetzte sie die Erzählungen »Vertane Zeit« von Tatiana Salem Levy und »Gertrudes und ihr Mann« von Augusta Faro. → Seite 24, 121

Maria Hummitzsch, geboren 1982, studierte in Leipzig, Lissabon und Florianópolis Übersetzung, Psychologie und Afrikanistik. Sie arbeitet seit 2011 als Literaturübersetzerin und freie Mitarbeiterin der Textmanufaktur Leipzig, ist seit 2012 Mitorganisatorin der Deutsch-Brasilianischen Übersetzerwerkstatt und seit 2013 Vorstandsmitglied des VdÜ. Sie übersetzt aus dem Portugiesischen und Englischen, u. a. Carola Saavedra, Beatriz Bracher, Helen Walsh und Shani Boianjiu. Maria Hummitzsch lebt mit ihrer Tochter in Leipzig. Für diesen Band übersetzte sie »Ana und Letícia« von Cecilia Giannetti und »Zezé Sussuarana« von Beatriz Bracher. → Seite 68, 107

Wanda Jakob, geboren 1976 in München, hat US-amerikanische, portugiesischsprachige und deutsche Literatur studiert. Sie ist literarische Übersetzerin aus dem Portugiesischen und Englischen, freie Lektorin, Moderatorin und Herausgeberin und hat einen Roman von Ana Paula Maia sowie u. a. Kurzprosa von Carlos Drummond de Andrade und Nélida Piñon übersetzt.

Wanda Jakob lebt in München. Für diesen Band übersetzte sie »Bazille« von Ana Paula Maia. → Seite 103

Karin von Schweder-Schreiner, geboren 1943, lebt in Hamburg und übersetzt seit vielen Jahren Autoren und Autorinnen aus Brasilien, Mosambik und Portugal wie Antonio Callado, Chico Buarque, Mia Couto, Rubem Fonseca und Lídia Jorge. Ihre Arbeit wurde mehrfach ausgezeichnet, u. a. mit dem Albatros-Preis der Günter Grass Stiftung, den sie 2006 zusammen mit Lídia Jorge erhielt. Für diesen Band übersetzte sie die Erzählungen »Hunger und Esslust« von Cíntia Moscovich und »Frau aus dem Volk« von Ivana Arruda Leite. → Seite 37, 90

Claudia Stein, geboren 1966, hat in Frankfurt und Lissabon französische, portugiesische und brasilianische Literatur sowie Kulturanthropologie studiert. Seit vielen Jahren arbeitet sie als Lektorin und Übersetzerin aus dem Französischen und Portugiesischen sowie an internationalen Projekten für litprom und die Frankfurter Buchmesse. Sie hat u. a. Werke von Maryse Condé, Pascal Bruckner, Fernando Bonassi und Ondjaki übersetzt. Für diesen Band übersetzte sie die Erzählungen »Auf offener Straße« von Tércia Montenegro und »Schach« von Paula Taitelbaum. → Seite 12, 83

Unsere Herausgeberinnen

© Achiles Luciano

Luísa Costa Hölzl, geboren 1956 in Lissabon, ist Dozentin für Portugiesisch und Publizistin. **Wanda Jakob,** geboren 1976 in München, hat bei Luísa Costa Hölzl gelernt und ist Literaturübersetzerin, Moderatorin und freie Lektorin. Seit einigen Jahren entwickeln die beiden gemeinsam für Lusofonia e.V. Projekte zur Förderung und Verbreitung portugiesischsprachiger Kulturen und veranstalten regelmäßig Lesungen in München.

Bisher bei uns erschienen:

»Aufbruch« 2010

- *Band 1* »Heldinnen des Glücks« Sieben Geschichten vom Aufbruch
- *Band 2* Kate Chopin »Das Erwachen«
- *Band 3* Joyce Johnson »Zaunköniginnen«
- *Band 4* Irmtraud Morgner »Hochzeit in Konstantinopel«
- *Band 5* Malin Schwerdtfeger »Café Saratoga«

»Wagnisse« 2011

- *Band 6* Susanna Alakoski »Bessere Zeiten«
- *Band 7* Zora Neale Hurston »Vor ihren Augen sahen sie Gott«
- *Band 8* Eudora Welty »Vom Wagnis, die Welt in Worte zu fassen«
- *Band 9* Ruth Liepman »Vielleicht ist Glück nicht nur Zufall«
- *Band 10* Annette Kolb »Das Exemplar«

»Spiegel« 2012

- *Band 11* Alice Pung »Ungeschliffener Diamant«
- *Band 12* Beryl Fletcher »Pixels Ahnen«
- *Band 13* Marilynne Robinson »Haus ohne Halt«
- *Band 14* Marchesa Colombi »Ein Bräutigam fürs Leben«
- *Band 15* Erika Burkart »Grundwasserstrom«

»Verstrickungen« 2013

- *Band 16* Diane Middlebrook »Du wolltest deine Sterne«
- *Band 17* »Wenn der Hahn kräht« 12 hellwache Geschichten aus Brasilien
- *Band 18* Barbara Trapido »Jonglieren«
- *Band 19* Madeleine Bourdouxhe »Auf der Suche nach Marie«
- *Band 20* Gina Kaus »Die Schwestern Kleh«